한국, 가보지 않은 길에 들어서다

석산 지음

우리는 쓰레기통에서 '한강의 기적'을 이루었고
IMF 위기에서 BTS와 기생충을 품어 키웠다.
그 가능성의 지혜는 무엇이고 어디서 왔을까?

생각나눔

왜 시간을!

우리는 6·25 전란의 시기에 외신기자와 유엔 조사단에 의해서, 민주주의의 정착과 경제의 재건을 '쓰레기통에서 장미꽃이 피기를 기다리는 것과 같다'는 절망적 평가를 받은 적이 있다.

그리고 30여 년 후 민주화를 이루고 올림픽을 치르므로, 세계 많은 이들에게서 '한강의 기적'을 이루었다는 찬사를 받았다. 그리고 또 30년 후 촛불이라는 축제적 시위로 선진적 정치문화를 선보였고, 일 인당 국민총생산 3만 불의 경제적 선진화도 가능하게 했다. IMF라는 시련의 시기도 있었지만, 한류라는 새로운 흐름을 시작으로 BTS와 기생충이라는 문화예술 분야에서도 가능성을 인정받고 있다. 그리고 코로나19라는 세계적 혼란에 대처하는 사회적 역량도, 수준급으로 인정받는 것 같다.

이것은 절망에서 기적을 이루었고 정치, 경제, 사회, 문화 전 분야의 글로벌 가능성을 나타내고 있는 것으로 보인다. 이러한 우리의 역량을 한 세기 전의 3·1운동을 보고 예견한 이가 있었으니, 그의 혜안에 놀라움을 느낄 수밖에 없다. 동양 최초 노벨문학상을 받은 '타고르'의 시에서, 『그 등불 다시 켜지는 날 동방의 찬란한 빛이 되리라』는, 예언적 기원이 이루어지는 것 같다.

그의 바람으로 우리의 능력이 된 지난 반세기의 성과를 무엇으로 설명할 수 있을까? 전후 독립국 중 다른 나라에 없는 우리만의 고유함이 무엇일까? 한번 살펴보게 된다. 그들도 몰랐고 우리도 모르고 있는 그들과의 다름은, 우리의 가슴속에 우리의 생활 속에 늘 함께하고 있는 어떠함일 것이다.

우리는 '나를 우리'라고 하는 공동체 우선정서를 가지고 있고, 또 "말이 씨가 된다."라는 속담도 가지고 있다. 말이 행동하도록 하는 씨가 될 수 있다면, '나를 우리'라고 하는 우리의 말은 모두가 하나이고, 평등하고 옳음이라는 가치와 같은 것이 될 수 있다.

그렇다면 우리는 우리라는 가능성으로 모든 것을 할 수 있는 정서적 역량을, 가슴에 품고 있는데 그것을 지금에서야 풀어내고 있는 것으로 볼 수 있다. 그렇다면 우리의 그러한 우리만의 다름은 어디서 왔고, 무엇으로 가능하게 했을까를 살펴보는 시간은, 나를 우리를 볼 수 있는 새로움과 변화가 될 것으로 본다. 빨리 와 물질의 회오리를 잠시 벗어나, 여유와 아량으로 그것을 가능하게 해 보자.

본 글에는 『한글을 통해 우리를 본다』에서 일정 부분의 인용과 참조가 있었음을 알려 드립니다.

2020년 10월 **석 산**

차례

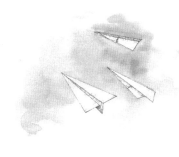

제1장

쓰레기통에 핀 꽃

1. 잊혀진 뿌리

보편 신화의 수용

• • •

지난해 말 세계보건기구(WHO)에 보고된 호흡기 폐렴증후군 코로나 19의 대유행이, 지구상 70억 인류를 폭격하는 보이지 않는 외계 UFO 전단의 공격과 같은 공포로, 전 지구의 유통 및 이동구조가 마비되어 버렸다. 이러한 두려움은 14세기 유럽을 휩쓸고 지나간, 흑사병(peste)을 재현하는 것 같은 트라우마(trauma)에 빠져들게 하고 있다. 어떤 이들은 치료제도 없고 어디서 왔는지도 알 수 없으면서, 지구상 모든 이를 공포의 도가니로 몰아가는 보이지 않는 괴물을 두고, 신의 의도가 개입된 것은 아닌가 하는 의문을 제기하기도 한다.

흑사병이 휩쓸고 지나간 후 유럽인들은 신에 관한 새로운 생각을 하기 시작했고, 그것은 르네상스라는 문예부흥운동으로 전 유럽의 새로운 시대 그리고 새로운 변화를 이끌어내고, 유럽이 세계패권을 차지하는 산업혁명의 단초를 마련했다고 볼 수 있다. 이번 코로나 19의 대유행을 거치면서 지구상에는 어떤 변화가 생기고, 또 어떤 유형의 문화와 변혁이 모두의 의식구조와 생활상을 바꾸어 놓을까, 사뭇 걱정스럽기도 하고 기대되기도 한다.

현대 세계질서는 유럽의 문명과 문화가 이끌어가는 구조로 상당한 사람들이 동의할 것으로 본다면, 이러한 유럽문화의 뿌리는 어디서 왔고 무엇인가를 한번 생각해 봐야할 것이다. 어떤 이들은 이것을 그리스–로마문명의 영향으로 보는 것에 동의할 수 있을 것이고, 지중해 그리스 문명의 대서사시인 일리아스와 오디세이아를 생각할 수 있을 것이다. 호메로스의 작품으로 인정되는 인류 최고의 서사시 걸작으로 평가되는 두 작품은, 18세기까지도 신화적 이야기로 많은 사람이 생각하고 있었는데, 19세기 독일고고학자의 트로이 유적 발굴로 성큼 역사의 한 페이지로 다가왔고, 신들이 아닌 실제의 역사 이야기로 재구성되고 있다.

이렇게 문자로 기록된 신화 같은 이야기들이, 오래된 언어시대의 설화에서 재구성된 인류의 지나간 흔적들일 것이다. 문자가 없었던 언어의 시대에는 그들이 남긴 유물이나 유적으로, 그들의 역사를 재구성함으로써 역사의 한 장으로 재현할 수 있을 것이다. 그러나 유물이나 유적은 그들의 생활사를 알 수 있는 한 부분일 뿐이고, 실제의 생활양식과 의식구조, 그리고 그들이 무엇을 하려고 혼신의 힘을 쏟고 무엇을 이루려 하였는지는, 결국 그들이 남긴 설화 속에서 찾아야 하는 것이 합리적일 수 있다.

지구상의 모든 민족 모든 부족은 그들만의 고유한 전래 설화나 신화가 있을 수 있다. 그러나 그것을 문자로 표현하여 지속적으로 계승되고 있음을 스스로 증명하지 않으면, 상당수는 폄하되어 지어낸 이야기로 그리고 우스꽝스러운 무속적 이야기로 믿으려 하지 않을 수 있다. 그러나 그들은 어디서 왔고 그들의 조상은 무엇을 소중히 했고, 어떤 형식의 가치로 그들 부족 사회를 형성하고 그들의 질서를 발전시켰는지는, 문자가 없어 기록되지 않았다면 그냥 지나간 신화적 이야기로, 또는 설화의 한 토막으로 무시되고 잊혀질 수도 있을 것이다.

그러나 문자의 시대는 불과 삼, 사천 년에 불과하고 인류의 역사를 수백만 년 또는 수십만 년으로 본다면 실제 인류의 정체성을 정의하는 삶의 주요가치는, 언어의 시대 그들의 이야기로 이어졌을 것이다. 이것이 그들의 뿌리인 설화로 전해지는 것이라면 서로 존중해 주는 것이, 인류 보편의 평등과 상호성을 고려하면 합당하다고 할 수 있다.

이것은 어느 부족의 신화나 설화는 무조건적으로 존중되고, 어느 부족이나 민족의 신화나 설화는 토템적 무속이나 샤머니즘으로 낮추어 보는 것은, 범 지구 시대 보편인권과 상호평등 존중의 시대에는 합리성이 떨어진다고 봐야 할 것이다. 우리의 신화나 설화가 존중되려면 다른 이들의 신화나 설화도 존중되어 질 때, 인류 보편의 인본적 가치가 실현될 수 있다고 보는 것이기 때문이다.

우리 정서의 뿌리

●●●

현대문명을 주도하는 흐름을 지중해를 중심으로 한 유럽의 해양문화로 받아들여지면서, 에게문명의 신화들은 보편적으로 이해도가 높고 당연시하는 반면, 현대문명에서 뒤처진 동양신화들은 소외되어, 설화 정도로 가벼이 보려는 경향이 있는 것은 아닌지 우려스럽기도 하다.

그렇다면 우리는 어디서 왔고, 우리 문화의 정신적 뿌리는 무엇인지를 한번 살펴보는 것도 순리일 것이다. 수만 년 전 언어의 시대 우리는 어디서 어떻게 살았고, 그들의 삶 속에 스미어 삶을 지탱해준 전통적 정체성은 무엇이고, 그것이 어떤 형태로 전해지고 있을까? 우선 한반도에는 언제부터 사람들이 살기 시작했고, 부족 또는 부족연합 형태의 상당한 규모의 사회가 구성되고, 유지되어 온 시대는 언제부터일까?

우리는 구석기 전기의 유적지들이, 충북 단양 남한강변의 금굴 유적지(충북기념물 제102호)와 평남 상원의 검은모루동굴 유적지를 대표적으로 해서, 경기 연천 한탄강변의 전곡리 유적지(사적 제268호) 등 90여 곳의 유적지가 발굴 조사되었고, 그들 유적지의 형성시기를 약

70만 년 전에서 10만 년 전으로, 역사학자들은 추정하고 있는 것으로 보인다(『타임라인 한국사』, 다산에듀, 2013, 1권 16쪽 인용). 그리고 신석기 유적지로는 한강에 연접한 암사동 유적지 같은 경우, 움집 흔적이 여러 채 나오는 것으로 보아 상당한 촌락규모의 정착생활을 했다고 볼 수 있는 유적이, BC 4,000년경에 형성된 것으로 서술(동 인용자료 20쪽)되고 있는 것으로 보아, 한반도 주변에서 오천 년~육천 년 전 무렵부터 부족연합 형태의 초기집단 사회가 형성되었음을 인지할 수 있다고 본다.

그렇다면 우리 역사의 구심력이 되는 우리 민족의 신화나 설화는 어떤 것이 있어, 국가를 형성하고 고유의 정체성을 보전하면서 우리만의 문화를 형성해 왔을까? 당연히 우리 민족 설화의 뿌리는, 단군신화에 바탕을 두고 수천 년을 면면히 이어지고 있다고 봐야 한다. 그리고 부족의 구심력이 작용하는 최소한의 부족연합 형태나 국가형태의 집단사회가 형성되고 유지되려면, 정착생활이 가능해야 집단사회를 이루고 서로를 연합하는 통치형태가 만들어질 수 있을 것이다.

그래서 구석기 수렵과 채집의 생활에서 정착이 가능하려면, 최소한의 농경적 사고가 가능한 인문지리적 환경이 바탕에 전재되어야 가능할 수 있다. 그것은 구석기 전기 유적지는 석회석 동굴에서 생활한 흔적으로 이동과 정착의 중간 형태로 볼 수 있으나, 한탄강변의 전곡리 유적지와 신석기 유적지인 한강변의 암사동 유적지는, 정착생활로 전이한 것으로 볼 수 있어 최소한의 농경적 생활상으로 변화된 것으로 봐야 한다.

이렇게 수렵채집의 이동생활에서 정착으로 전이하려면 농경이 가능한 인문·지리적 장점이 있거나, 농경에 필요한 수준의 도구가 발달되어 있어야 가능할 것이다.

고대 문명의 발상지들이 중상류에 사막지형을 포함하는 큰 강 중하류에서 발달한 것을 보면, 우기에 사막의 점토질 토양이 유출되어 강변에 범람하므로 지속적인 농업생산력이 가능한, 미네랄과 유기물을 공급하므로 비옥함을 뒷받침했다고 볼 수 있다.

또한, 현세에도 활화산 주변의 농업생산력의 지리적 영향으로, 인도네시아나 필리핀의 여러 섬에서 화산 주변에 마을을 형성하고 있다. 화산의 간헐적 분화로 공급되는 비옥도가 높은 화산회토의 매력 때문에, 화산 주변을 벗어나지 못하고 살아가는 여러 사례는 상당한 참조가 될 것이다.

아프리카의 인류발상지 주변에도 콩고 강이나 잠베지강 등 거대한 강이 있는데도, 유독 나일 강 범람원에서만 고대문명이 발달한 것을 보아도, 농업생산력의 장점을 가볍게 볼 수 없는 지리적 혜택으로 봐야 할 것이다. 이것은 인더스 강과 황허 강 그리고, 유프라테스-티그리스 강 중상류에도 나일 강의 사하라사막처럼, 상당 규모의 사막지형이 분포되어 있다는 사실을 고려하면 이해도가 높을 것이다. 그리고 우리의 백두신화의 뿌리에도 간헐적 지속성을 갖는 활화산 백두의, 화산회토 분화에 따른 농경적 장점을 고려하면 원시농경의 정착지로 매력은 충분했을 것이다. 이러함의 설명에는 지금도 활동 중인 지중해 에트나(etna)화산이 있는 시칠리아(sicily)를, 로마의 창고라고 한 말에서 충분히 설명될 수 있을 것으로 본다.

백두의 분화영향

● ● ●

신석기시대에서 청동기시대로 전이하는 과정은 수렵과 채집을 위한 이동생활에서, 정착생활로 생활양식과 삶의 패턴(pattern)이 바뀌고 있는 것을 미루어 짐작할 수 있다. 동굴생활에서 강변의 넓은 지역을 생활공간으로 활용하는 방식은, 강변을 따른 어렵, 즉 물고기잡기와 범람원 주변의 초목에서 열매나 과일 등 먹을 것을 충분히 얻을 수 있는 장점이 있고, 주변의 숲속에서 야생동물의 사냥이 가능한 어렵 채집 수렵의 장점이, 농경으로 전환하는 과도적 생활상으로는 지리적 장점이 있기 때문이다.

그리고 동일한 효과를 낼 수 있는 지역은, 활화산 주변 토양의 비옥도로 인한 열매나 과일의 채집이 풍성할 수 있는 것과 아울러, 화산회토의 미네랄(mineral)성 비료성분으로 해 걸이가 없는 많은 양의 먹을 것이 풍부한 점은, 다른 지역에 대한 상대적 이점으로 정착에 충분한 매력으로 작용했을 것이다. 또한, 화산분화의 영향권 주변은 화산체에 근접하여, 식물의 생장이 불가능한 화산암설 비탈과 구릉지역을 벗어나면, 초본류의 성장이 가능한 고원성 대지가 넓게 형성되어 초식동물의 서식지로 적합도가 매우 양호했을 것이다. 그다음 지역은 관목성의 과일이나 열매가 풍성한 수림지역 그리고 그 외곽으로는, 교목성의 큰 나무로 숲을 이루는 산림지대가 형성되는 것이 온대다우지역의 일반적 식생상이다.

이러한 인문·지리적 장점은 이동생활에 지친 고대인들에게는 낙원 같은 곳으로 생각했을 수 있다. 따뜻한 계절에는 충분한 과일과 열매를 부지런히 채집하여, 일부는 먹고 남는 것을 갈무리하여 두면, 추워지는 계절에도 알곡과 열매를 식료로 사용할 수 있고, 추위로 눈이 쌓이면 주변의 초원과 숲 속에서 야생동물을 사냥하여, 일부는 소비하고 나머지를 훈제 등으로 비축하는 지혜를 발휘하면, 정착생활에 필요한 상당조건이 충족되었다고 볼 수 있다.

백두산 주변의 이러한 인문·지리적 장점은, 이동에서 정착생활로 전환하여 안정되고 안락한 생활을 원했던 고대인들의 관점에서는 벗어나기 어려운 유혹으로 작용했고, 그들은 오랜 시간을 안정되고 행복함을 누리면 번창했을 것은 너무도 당연한 결과일 수 있다. 그러나 세상은 공평한 것이어서 큰 강변의 정착지가 우기의 범람으로 수몰되는 고난을 반복하는 것처럼, 백두의 주변도 간헐적으로 분화하는 화산의 영향으로 수십 년 또는 수백 년에 한 번씩의, 크고 작은 화산활동이 대피와 귀향이라는 수없이 반복되는 고난도 있었다.

고대문명 발상지가 수해의 범람을, 끝없는 도전정신으로 극복하고 문화의 꽃을 피웠듯이, 화산의 분화라는 피할 수 없는 도전을, 진취적 용기와 슬기로운 지혜로 감당하였기에, 조선이라는 국가를 형성하고 단군이라는 지도체계를 뿌리내릴 수 있었고, 홍익인간이라는 개국신화와 배달민족이라는 부족 정통성을 유지하면서, 한반도에 살아남았을 것이다. 이것은 민족 후대의 정체성에 매우 큰 영향을 끼쳤을 것으로 생각되기 때문이다. 그것이 우리 민족의 가슴 밑바닥에 응어리져서, 국가적 재난이나 고난에 대처하는 민족저력으로 작용하게 되는, 정신적 공감과 용기로 뿌리내린 것이 아닌지 되돌아보게 된다. 그것은 백두의 분화가 수십 년에 한 번 또는, 수백 년에 한 번씩 크고 작은 분화를 계속했다면, 하늘의 뜻으로 자연의 섭리로 받아들이고 수용할 수밖에 없었을 것이다. 그리고 이러한 재난을 극복하고 절망의 구렁텅이에서도, 새로운 용기를 내어 삶의 터전을 복원했을 것이다. 대피과정에서 인명 살상의 가슴 아픔을 위로하고 상호부조의 협력으로, 서로를 격려하는 지혜를 모두가 다했기에 우리가 있는 것이 아닌가 싶다.

우리의 역사를 보면 국가적 멸실의 순간에도 포기하지 않고, 모두가 나서서 우리를 다시 일으켜 세운 지나간 행적들을 생각하면, 그 뿌리의 가슴응어리에 이러한 끝없는 도전을 극복한 민족 고유의 정서가 있는 것이 아닌가 싶어, 고대의 열악한 환경에서 주저앉지 않고 일어선 그들의 눈물과 용기에 새삼 숙연함을 느끼게 한다. 어려움이 닥칠수록 더욱 강해지고 그것을 극복해 내는 민족저력의 뿌리가, 백두라는 신화적 바탕을 지켜온 홍익사상 그리고 우리라는 우리만의 고유성이, 우리를 오늘로 인도하고 지켜지게 하고 또 앞으로 가게 하는 것인지도 모른다.

사라진 터전

● ● ●

큰 강 주변의 범람원과 화산체 주변의 화산회 낙하지역은, 천연의 비료 성분이 지속적으로 공급되는 자연 지리적 이점이 인류의 정착과 발전에 크게 기여한 것은, 농업생산력에 의한 곡물 식료의 풍성한 안정적 공급이 핵심기능일 수 있다.

역사시대의 농업발전사를 보면, 계속 이어짓기인 연작의 소출감소를 줄이려고 초기에는 휴경, 즉 건너짓기도 시행되었으나, 생산량 감소가 불가피한 방법이었다. 그러다 돌려짓기, 즉 윤작을 도입하므로 휴경지가 없어져서 생산량을 증가시킨 사례를 1차 농업혁명이라 불렀고, 20세기 초엽에 화학비료인 암모니아의 합성에 의한 질소비료가 독일에서 생산되므로, 종전 생산량의 3배 정도를 높일 수 있는 발전을 이룬 것을, 2차 농업혁명이라고 하는 주장도 나오게 되었다. 이것은 비료라는 성분이 농업생산력에 얼마나 큰 역할을 했는지를 알 수 있는 대목이다.

그렇다면 화산 주변의 알카리성 미네랄을 포함한 비료 성분인, 화산회토의 지속적 공급이 농업생산력에 얼마나 큰 역할을 했는지는 충분히 이해가 될 것이다. 그러나 화산체의 준 정기적 간헐적 소규모 분화는 매우 유익한 자연의 활동이지만, 수백 년 또는 수천 년에 한 번 있는 대규모 화산폭발은, 주변의 넓은 지역을 불태우고 모든 시설을 두꺼운 화산회로 덮어버리고, 대규모 폭발로 유도되는 폭우는 화산체 사면에 한없이 쌓인 토사를 쇄설류를 만들어서, 하류의 모든 자연을 황폐화시켰을 것이다. 이러한 자연재앙은 주변의 모든 주거지를 수 m의 화산회로 덮어버리고, 주변의 가연성 물질을 모두 불태우는 그리고 후속의 폭우와 산사태성 쇄설류는, 상당히 먼 외곽의 고지대를 제외하고 모두를 초토화시켜, 모든 사람의 흔적을 묻고 불태우고 휩쓸어 버려서 인류의 모든 흔적을 지워버리기에 충분했을 것이다.

백두산 주변의 화산활동 자료를 보면(『한국의 지질』, 대한지질학회−시그마프레스, 265~268쪽), 백두산 화산체의 형성은 총 7회에 걸쳐 약 60만 년 전에서 약 1,500 BP까지의, 폭발성 화산분화와 용암의 유출로 형성되었다고 기술되어 있다. 대규모 폭발의 여섯 번째 분화시기를 약 9만 년 전에서 8만 년 전의 '천지층' 형성시기로 보았고, 마지막 일곱 번째 분화를 약 3,500년 전으로 추정하고 있다.

그렇다면 앞에서 논한 『타임라인 한국사』의 구석기 중기에 6번째 폭발이 있었고, 7번째 폭발은 신석기 말기에서 초기청동기 시대로 추정할 수 있을 것이다. 이러한 자료의 참조에 의하면 한강변 암사동 유적지가 생기고, 약 2,000년 전후의 시간적 여유를 두고 마지막 대폭발이 있었다고 추정되는 것으로, 백두산 주변의 지리적 이점을 고려하면 충분히 부족연합 정도의 초기국가 형태인 집단사회 수립이, 백두산 분화 영향권에 있었다고 볼 수 있을 것이다.

이것은 기원후 1세기경에, 베수비오화산의 폭발로 흔적 없이 사라져버린 폼페이 전설을 생각하게 할 수 있다. 폼페이라는 로마시대 도시가 나폴리 근처 해안에 있었다는 신화 같은 설화적 전설은 있었지만, 누구도 그것을 증명할 수 없었던 세월이 약 1,700년 정도 지나고 일설에 의하면, 포도농사를 하는 농부가 우물을 파기 위해 포도밭을 5~6m 굴착해 보니, 건물 같은 것이 나타났다는 소식을 근거로 폼페이 옛 시가지를 발굴하여, 전설 같은 설화를 역사의 마당으로 불러내었다고 한다.

이렇게 폼페이가 발굴되면서 독일의 슐리만이라는 사람이, 호메로스의 일리아스를 근거로 트로이의 발굴에 나섰고, 19세기 후반에 트로이 유적지를 발굴하는 데 성공했다. 또 20세기 초엽에는 크레타 섬의 미노스왕의 수도였던 크노소스 유적지 발굴에 성공하므로, 신화 속에 묻혀 있는 미노아문명과 트로이와 연계된 미케네문명 등의 에게문명을, 역사의 뜰 안으로 불러들여서 신화 속의 역사를 복원하게 된 것은, 화산활동과 지진활동이 빈번하게 일어나는 지역에서의, 전설적 설화와 역사의 관계를 다시 생각하게 하고 있다.

백두의 마지막 대규모 폭발로 우리 민족의 성지가 모두 파괴되었을 수 있고, 대부분의 사람들이 재난에 희생되고 말았다면 남은 사람들은 어디로 가서 어떻게 살았을까? 지구 북반구 중위도의 편서풍 지역에서 화산영향권 밖에서 자리 잡으려면, 화산의 서쪽이 유리하고 기후 관계상 북쪽보다는 남쪽이 유리할 것으로, 백두산 수백km 외곽의 남서쪽이 재앙의 피난처로 선택되기에 충분했을 것이다.

2. 남이 그린 자화상

역사의 기록

● ● ●

백두산 분화에 관한 기상청 자료를 보면(한반도 화산 현황/백두산 화산 분화 현황), 기원후 10세기에 3차례, 11세기에 5차례 분화한 것으로 되어 있고, 946년에서 947년에 걸친 대규모 분화가 있었던 것으로 추정된다고 정리하고 있다. 근래에 화산을 연구하는 지질학자들의 주장에 의하면 10세기의 대규모 분화의 영향으로, 일본 홋카이도에서도 백두산 분화로 생긴 화산회층이 수 cm 정도 조사보고 되었다는 것으로 보아, 화산체 주변에는 상당히 두꺼운 화산암설과 화산재가 지표를 덮었을 것으로 인정된다.

이러한 결과인지는 몰라도 백두산 주변에서 나라를 세워, 200여 년을 존속한 발해(713~926년)의 유적지가 거의 발견되지 않는 것을 참조해서, 동시대를 함께한 고려의 유적과 비교해 보는 것도 좋은 고려점이 될 수 있을 것이다. 앞에서도 인용 및 설명한 '한국의 지질' 자료에서, 백두산의 화산체가 형성되는 마지막 분출시기(신석기 말에서 청동기 초기) 전에, 고대국가 형식의 부족연합이 있었다면 그들의 흔적이 남아 있다는 것은, 폼페이의 사례를 비교하면 불가능한 일이라고 할 수 있다.

그리고 재난을 피해 일부 살아남은 부족 구성원들이 영향권 외곽으로 피신하여, 새로운 세력을 형성하기까지는 수백 년 이상의 시간이 필요할 수 있어, 국가형태의 설화나 전설로는 있을 수 있으나 그것을 고증하는 것은 무리일 것이다. 그러한 관계로 전설이나 설화가 신화형식으로 남아 있다면, 수백 년에서 천여 년의 간극이 발생하는 것은 어쩔 수 없는 현상일 수 있을 것이다.

우리가 어디서 왔고 무엇을 하고 살았는지는 신화나 전설 또는 설화를 참조할 수밖에 없는 것이 현실이다. 그것은 우리 민족의 고유한 문자가 없었던 시기였기 때문에 불가피했을 것은 너무도 분명할 것으로 보인다. 우리의 고대국가인 조선이라는 나라가 있었다는 기록은 중국의 기록에 의존할 수밖에 없는 현실이어서, 중국의 자료를 참고하는 것도 상당한 고려가 될 것이다. 그러나 그들은 중화라는 절대의 자존심으로 무장되어 있어, 주변의 여러 부족을 그들의 기준에서 야만인으로 설정하여 오랑캐로 보는 시각은, 그들의 기록이 꼭 합리성이 보장된다고 볼 수는 없을 것이다.

우리는 우리를 백의민족 배달의 후예라고 하여, 모두가 단군의 후손으로 생각하고 '홍익인간'이라는 개국철학을 믿고 있지만, 동이라고 얕잡아보는 중화라는 자만함이 우리의 존재를 있는 그대로 기록할 수도 없지만, 있더라도 비하하고 그들에게 필요한 만큼, 또는 그들에게 유리한 만큼만 기록했을 것은 모두가 알 수 있는 상식일 것이다. 그러한 것이 '기자와 위만'의 기록(고조선 후기를 다스렸다는 중국의 기록)에서도, 하나의 사례로 고려할 수 있을 것이다.

중국의 역사를 참고하여 신화나 전설의 시기를 제외하면, 국가를 설립하고 존속 유지되는 기간들이 300년 전후인 것이 일반적 사례인 것 같다. 중국의 표본적 국가인 유방의 한나라도 중간에 '신나라'라는 단절의 전후로 각 200년 정도 존속되었고, 전한과 후한을 합하더라도 400년 정도에 불과한 것으로 보면, 한 국가가 400년 이상을 유지하는 것이 얼마나 어려운 일인지도 알 수 있을 것이다.

그러나 우리의 사례에서는 국가를 열었다 하면 일반적으로 500년 전후를 유지했고, 1,000년에 근접하는 사례가 있는 것으로 보면 우리 민족의 국가관이 남달랐다고 볼 수도 있을 것이다. 그렇다면 문자가 없어 자신들의 행적을 남의 글자로 기록할 정도로, 문화나 문명의 수준이 부족한 국가에서 어떻게 그 오랜 기간을 국가로 존속되고 유지되었을까?

그것은 그들만의 고유한 그리고 변화하지 않은 어떤 민족성이 있는 것은 아닐까? 우리 사회가 재난에 대처하고 극복하는 사례들을 보면, 국가나 혹은 사회공동체를 유지하기 위해 나보다 우리를 우선하는 공존의 지혜를, 구성원 각자가 보편적으로 존중하고 받아들이려는 어떤 고유함이 있는 것 같다.

'그것이 무엇일까?' 하는 것은, 우리가 국가적 재난에는 모두 일어나 하나로 뭉치는 어떤 DNA가 있는 것은 아닌가 하고 살펴보는 것도, 나를 그리고 우리를 들여다보는 데 도움이 될 것이다. 지피지기가 아닌가?

한자적 정서의 표현

● ● ●

어떤 사회집단이나 국가 또는 민족이 글자가 없다고 해서 그들의 오랜 역사가 없어지는 것은 아닐 것이다. 단지 그들의 지나간 세월들을 기록으로 남기지 못해서 역사가 되지 못하고 설화나 전설 또는, 신화로 구전되어 오다가 적당한 시점에 어떤 문자로 설화 등을 기록으로 남겼을 것이다. 문자가 없었다는 것은 언어의 시대였다는 것으로 지나간 많은 삶의 흔적들이, 말로만 전해질 수밖에 없는 것이어서 설화의 중요성이 새삼 강조될 수 있는 것이다.

문자로 기록되지 않고 구전되어 오는 신화나 전설이라고 해서, 그것이 없었던 것이라고 누구도 단정할 수는 없을 것이기 때문에, 각 부족이나 민족의 신화나 설화가 존중될 수 있어야, 그들의 지나간 흔적을 제대로 설명할 수 있는 것이 될 것이다. 그리고 사후에 가까운 국가나 부족의 문자를 빌려서, 그들의 지나간 신화나 설화를 기록으로 남겼다고 해서 무시되거나 부정될 수는 없는 것으로, 그들의 문자가 아니니 그들의 역사가 아니라고 할 수는 없다고 본다. 그들 스스로 자기의 역사라고 생각하는 전설이나 신화 등의 설화를 부정하는 것은, 언어의 시대가 없었다고 하는 엉뚱함이 될 것이다.

어차피 모든 부족은 문자로 표현된 시간의 흐름보다, 설화나 전설로 이어온 선사적 시간이 훨씬 길고 많기 때문에, 설화나 신화가 일부 미흡함은 있을 수 있을 것이다. 그것은 입에서 입으로 이어져 오는 과정에서 일부 누락되거나 변화될 수는 있으나, 없었던 것으로 할 수는 없기 때문이다. 이렇게 우리의 지나간 시간이 우리의 글로 기록이 없고 한자로 기록되어 있다고 해서, 그들의 역사가 없어지는 것은 아닐 것이기 때문이다. 또, 우리의 지나간 이야기를 중화의 관점에서 한자로 서술되었다고 해서, 그 표현의 내용과 문자가 나타내는 정서적 느낌이, 우리의 생각과 감성을 그대로 표현할 수도 없을 것이다.

그것은 문자가 가지고 있는 각 부족의 고유한 정서적 느낌이 각각 다를 수 있어, 우리 역사가 한자로 기록되었다는 것은 한자적 정서로 표현된 것일 수 있어, 우리의 고유정서와는 다를 수 있다는 것을 기억할 필요가 있다. 오랜 세월 우리의 문자가 없다고 해서 한자로 계속 표현하면 결국 우리의 고유한 언어의 정서가 사라질 수 있고, 한자적 정서로 표현한 기록을 제대로 표현했다고 할 수 없는 지경에 이를 수 있음도 고려가 필요하다. 그리고 한자적 표현의 내용을 보고 우리는 이러한 뜻이라고 생각해서 그렇게 표현했다고 해도, 중화적 관점에서 그 문자나 문장의 문맥상 그 글자가 나타내는 흐름이 저러한 것이라고 하면 무엇이 합당한 것일까? 더욱이 오래된 문헌적 자료라면, 그 내용을 우리의 정서보다 중화적 정서의 표현으로 해석하는 것이, 제3자의 입장에서는 합리적일 수 있는 우려도 있을 것이다.

이렇게 문자와 언어가 동일하지 않고 언어를 표현하는 문자가 다를 경우, 그들 민족 정서의 표현이 불가능할 수도 있고, 또는 변질되고 왜곡되어 증명이 곤란해질 수 있음도, 남의 문자를 빌리어 쓰는 민족의 가슴 아픔일 수 있다. 어떤 민족이 그들의 고유함을 유지하고 오래도록 지속할 수 있으려면, 그들의 정서가 담긴 그들의 언어를 제대로 표현할 수 있는, 그들만의 고유한 문자가 이어야 하는 당연함일 것이다. 세상에는 말과 글이 일체가 되는 국가나 민족이 얼마나 될까? 이렇게 어문일체가 될 수 있는 사람들은 그들만의 자긍심과 행복함이 될 수 있을 것이다.

홍익은 무엇으로?

● ● ●

현대적 민주주의 개념에 의한 삼권분립의 정부가 들어서고, 정부에 저항해서 상당한 국민이 죽은 사례는 4·19의거와 광주의 저항일 것이다. 그들은 주권재민의 헌법질서를 요구하고, 독재 강권정부에 대항한

대가가 지금의 수유리와 망월동 묘역일 것이다. 그들은 민주 한국과 한국의 옳음을 지키려고, 우리 모두를 앞장서서 우리를 지키기 위해 숭고함을 바치신 분들이다. 그러나 그들의 묘비명은 한쪽은 모두 한자로 새겨져 있고, 다른 한쪽은 한글로 새겨진 것을 볼 수 있을 것이다. 만일 수백 년 세월이 흐른 후 후손들이 보면 한자의 묘비를 알아볼 수 있을까? 그리고 그들이 한국인이 아니고 중화권의 양반이나 선비들이, 정부에 저항해서 순국한 것으로 오인될 수는 없을 것인가? 이러한 우려는 물론 기우일 것이나, 한자로 표기된 묘비를 보는 느낌이 한글만으로 기록된 교과서를 보고 배운 후세의 학생들이, 그들 또래의 청소년들이 죽음으로 저항해서 지키려 한 것이, 우리 자신이었다는 것을 가슴 절절히 느낄 수 있을까? 이렇게 나를 버려 우리를 지키고 사라져 간 우금치의 농민과 만세운동의 선열들을 그리고 현충원의 영령들을 어떻게 기억해야 할까?

나보다 우리를 소중히 한 우리 선조들의 그러한 정서는 어디서 왔고, 무엇으로 설명할 수 있을까? 그리고 '나를 우리'라고 하는 민족정서의 바탕은 언제부터 시작되었고, 어디서 비롯되었을까? 말이 달라지면 생각이 바뀌듯이, 글자가 달라지면 서먹하고 느낌이 달라지는 것은 어쩔 수 없는 실체적 감성일 것이다.

우리는 민족형성 철학과 공동체 성립 지혜를 '홍익인간'이라고 배웠고, 그리고 그런 줄 알고 살았다. 그러면 홍익인간은 어디서 어떻게 왔고 무엇에서 비롯되었을까를 살펴보는 것과 우리글이 없어 한자로 '홍익'이라고 적은 우리의 뿌리는 어떻게 이해해야 할까?

　물론 우리글이 없어서 홍익이란 단어의 우리말이 무엇인지는 알 수도 없는 것일 수 있다. 그것도 사회 형성 당시 또는 부족국가 설립 당시의 어떠한 민족 공감정서를 상당한 세월이 흐른 후, 후대를 위해 설화나 전설을 한자로 번역해서 '홍익'이라고 기록했을 것이기 때문이다. 그리고 홍익인간이란 말은 한자적 표현이기도 하지만 누가 누구에게 한 말일까도 살펴야 할 것이다. 우리 모두가 알고 있는 홍익인간이라는 말의 출처는 하느님께서 자신을 대신하여, 백두 또는 태백의 나라를 다스릴 분에게 '이러이러한 마음으로 보살펴라.' 하고 명령하신 것으로 봐야 한다.

　사회 성립 당시의 말씀은 무엇인지 모르지만, 사후에 한자로 표현한 것으로 볼 수 있다. 그렇다면 하늘에 계신 신께서 나라를 다스릴 대리자에게 한 말일 것이고, 그분께서 돌아가신 후에도 대대손손 후손들에게 그 말을 전했고, 그렇게 실현했을 것이기에 지금까지도 살아남았을 것이다. 그러면 그 통치자의 후손은 후대에게는 무엇이라고 표현했고 그것을 한자로 적으면 무엇이 될까?

　하늘이 사람에게 한 표현이 아니고 사람이 사람에게로 전승되는 말은, 물론 우리글이 없었을 때이므로 한자로 적었을 것이나 우리의 고유한 말로 전했을 것이다. 우리말은 무엇인지 알 수 없으나 한자로 표현하면 그것은 '대동'이 될 수 있을 것이다. 즉, 모두가 하나니 '나를 우리'로 생각하라는 뜻이 될 수도 있을 것이다.

우리 역사의 많은 부분에서 '대동'이라는 말이 있는 것으로 보아도 그렇고, '모든 백성에게 널리 도움'이 될 수 있는 제도를 통상 대동이라는 용어로 표현하여, 대동법, 대동계, 대동제 등 우리 사회에 폭넓게 통용되는, 대동정신을 '홍익'의 사람 간의 한자적 표현으로 볼 수 있을 것이다.

우리 정서의 표현

• • •

우리는 우리 민족 정서의 고유함이 무엇이고 그것을 어떤 말로 표현하고 이해할까? 그것은 자신과 그들의 사회 그리고 민족의 밑바탕을 흐르는, 거대한 저탁류 같은 것으로 누구도 거부할 수 없고, 저항하면 너무도 거대함을 느끼게 하는 무엇에 부딪히게 되는 것일 것이다. 그것을 굳이 무어라고 정의할 수 없다면, 그것은 분명히 그들의 정서적 바탕으로 자기도 모르게 그것이 실현되고, 그렇게 하지 않는 것이 이상할 수 있는 그런 것일 것이다.

지구상에 가장 최근에 국가라는 질서를 확립했고, 그리고 세계 최강의 경제력과 군사력으로 무장한 미국의 예를 보면, 청교도 정신과 개척정신 같은 것일 수 있다. 이런 비슷한 것으로 우리의 정서를 대표할 수 있는 것은 무엇일까? 그것은 국가적 재난을 맞을 때 그것을 극복하기 위해 더 강해지는 우리의 저력 같은 것일 수 있다.

우리의 지나간 국란 극복 과정을 보면 그러함이 있는 것 같다. 그리고 그러한 정서나 가치 때문에 우리 국가의 존속기간을, 500년 이상으로 유지할 수 있었던 것으로 인정할 수 있을 것이다. 그리고 우리는 '나를 우리'라고 한다. 그것은 나보다 우리를 우선하는 우리만의 어떤 정서이거나, 오래도록 익숙해서 그렇게 표현하지 않으면 이상한 거부할 수 없는 어떤 공감대가 있고, 그것을 모두가 동의하기에 그렇게 지속되고 있다고 봐야 할 것이다.

이러한 것이 혹 개국철학과 민족공존의 정서인 홍익사상이 아닐까 한다. 홍익은 '널리 모두에게 도움이 되게 하라'는, 하느님의 계시와 같은 것으로 우리가 느끼고 있기 때문이다. 그리고 그러한 표현을 사람과 사람 사이의 관계인 사회 속에서 실현할 때는, '대동'이라는 개념과 같은 또는 비슷한 것이 아닐까 하는 생각을 하게 된다. 대동은 '모두가 하나'라는 뜻으로 받아들여도 별문제가 없는 것으로 생각된다.

그리고 그것은 한자적 표현이고 그것을 순수한 우리말로 표현하면, '우리'라는 우리만의 고유함을 표현한 것으로 생각되고 그것이, 나보다 우리를 우선하는 보편정서일 수 있을 것이다. 그러한 보편정서 때문에 우리는 나를 버려 우리를 지켰고, 그러함이 국난에 더욱 강해질 수밖에 없는, 우리 민족의 마음 밑바닥에 깔려 있는 그리고 누구도 거부할 수 없고 막을 수 없는, 우리만의 에너지로 우리를 밀고 가는 힘의 뿌리가 아닐까 한다.

우리는 백두 주변의 농업생산력의 매력 때문에, 그곳에 터를 잡고 풍성한 수확을 누렸기 때문에 다른 부족들보다 강력해졌고, 그래서 많은 부족민을 지속적으로 보전할 수 있어 주변의 여러 부족보다 빨리, 유리하게 부족연합을 형성할 수 있는 혜택을 누렸을 수 있다. 백두 주변의 화산회토의 비옥함 때문에 많은 인구의 강력한 힘을 비축할 수 있었고, 그러한 풍요함 때문에 주변의 모든 부족이 복속되어 보다 빠른 통치체계를 형성했을 수 있다.

그리고 간헐적인 백두의 분화 때문에 주변으로 대피했다가 잠잠해지면 다시 돌아와, 지진과 화산 분화로 무너지고 매몰된 삶의 터전을 다시 복원하는 반복적 삶이, 우리를 재난에 더욱 강해지게 한 정서적 기반일 수도 있을 것이다. 그래서 피난과 귀향과정에서 서로를 위로하고 협력하면서, 나보다는 모두를 생각하는 정서적 흐름이 생겼을 수 있다. 그것은 수십 년 또는 수백 년마다 반복되는, 화산의 중소규모 분화 때마다 수없이 그러함을 반복하고 지속해 왔기 때문에, 모든 것을 서로 협력하고 서로 믿고 의지하면서 살아온 세월이 나이와 같이, 그들 마음속에 주름살처럼 고비마다의 흔적이 남아, 그들의 후대까지 DNA처럼 복제되어 보편화 된 것은 아닐까 한다.

3. 탈바꿈 비상

고유정서 표현의 회복

• • •

지구라는 천체에 의지하여 살아가는 대부분의 인류는, 지나간 수천 년을 농업생산력에 의존하여 국가를 형성하고, 그들만의 문화적 흔적인 문명을 지구상에 남기고 살아왔다. 고대문명 발상지의 인문·지리적 고려도 그러하고, 먹고 살아야 하는 절박함과 숭고함은 결국, 농업생산력의 좋음과 나쁨이 문명을 좌우했다고 볼 수 있다.

그러함을 일찍이 깨우친 우리 선조들은 백두의 분화라는 재난을 알면서도, 그 주변에 터를 잡고 살 수밖에 없었던 지혜와 절박함도 공감할 수 있을 것 같다. 이렇게 모든 인류가 수렵과 채집이라는 이동생활을 청산하고 보다 안정적 생활을 희망했기에, 농업생산력이 높은 지역을 선택하여 정착할 수 있었던 것도 모두 식료생산의 지리적 유익함이었을 것이다.

우리가 흔히 민초라고 부르는 서민들은 불가피하게, 땅을 일구고 가꾸고 그리고 수확의 기쁨을 맛보는, 땅바닥을 의지하고 땅에 몸을 붙이고 살았기에, 땅에 붙어사는 벌레와 같다 해서 땅벌레라고 했을 것이다. 이렇게 대부분의 사람들이 땅벌레로 살아가면 언제 그들만의 문화와 문명을 누릴 수 있었을까?

땅에 뿌리를 내렸기에 민초라고 불리는 서민들이 문화라는 형이상학적 실체를 접하고 느낄 수 있는 것은, 땅벌레가 나무 위를 오르고 그리고 나방으로 탈바꿈하는 자연의 순리와도 같을 것이다. 결국, 땅벌레가 탈바꿈하여 나방이 되고 하늘을 날아가는 것은, 민초가 문화라는 가상의 실체를 느끼고 누리는 과정에 비견될 것이다.

사람들이 수만 년 언어의 시대를 넘어 문자의 시대로 비상할 수 있었던 것은, 그들의 문화적 필요에 의해 문자라는 형이상학적 가상의 표식을 깨우치고, 찾아냈기에 가능했을 것이다. 이것은 땅 위를 기어 다니는 벌레가, 그들의 지나간 모습을 벗고 날개가 달린 모양으로 변혁했기에, 하늘을 나르는 비상을 시도할 수 있었던 것과 같을 수 있다. 우리는 백두에서 뿌리를 내리고 수천 년을 언어의 시대로 살아왔고, 그래서 남의 글을 빌어 우리의 자화상을 그리고 기록하고 표현하고 살았다. 그것은 문화라는 나방의 날개를 수천 년 동안 이웃의 것을 빌려서 씀으로, 우리의 생활 습속과도 잘 맞지 않았고 그리고, 우리의 섬세하고 세련된 정서와는 더욱 맞지 않았지만, 높고 높은 나무를 오르고 환골탈태의 고통과 위험을 막아줄, 고치를 지어내는 능력과 지도력이 없었기에 늘 중화의 아류로 살아갈 수밖에 없었다.

그래서 우리의 지난 수천 년의 기록에는 우리 정서의 섬세함이나, 나보다 우리를 소중히 하는 우리만의 정체성을, 제대로 표현하고 녹여낼 수 없었다고 본다.

그것은 세종에 의해 우리의 문자가 만들어지고도 사백 년이 넘도록, 우리글로 우리의 역사를 기록하지 못한 과오를 범하고도, 우리의 지도층은 그것을 성찰하고 반성하지 못하고, 자신들의 지배력만 유지하려 했던 사대적 사고의 부족함이 있었던 것은 아닐까 한다. 우리 정서의 섬세함을 표현하고 정체성의 정립에 미흡했던 것은, 사대적 사고의 영향이 아닐까 우려해 보는 것은, '사대라는 이념적 바탕에는 우리 민족의 고유성인 '우리'가 결여되어 있는 것은 아닌가?' 해서이다.

그리고 조선왕조 군왕 중에 학문의 폭넓은 이해와 식견이 높았던 분으로 정조대왕을 들 수 있는데, 이분께서 대신 중의 한 분께 많은 양의 서간문을 보낸 자료가 수년 전 후손에 의해 알려진 적이 있다. 그 서간 중 일부가 저명한 학자에 의해 방송에서 소개된 적이 있는데, 한자로 서술된 문장의 중간에 '뒤죽박죽'이라는 한글이 나오는 것을 보고, 높은 수준의 한학을 하신 분께서도 섬세한 우리 정서의 표현이 한자로는 불가능했던 점을 느낄 수 있었다.

이것은 세종에 의해 한글이 창제된 것이 순수한 우리말을 제대로 표현하는 데 한계가 있어, 우리의 정체성과 정서를 제대로 유지할 수 없음을 깨달으신 것으로 느껴질 수 있다. 이러함을 미루어 문자는 말을 보전하고, 말은 정서를 보전하는 중요한 기능이 있는 것으로 보인다.

우리말 우리글

● ● ●

우리 정서가 담긴 말을 우리글로 표현한다는 것은 그들의 정체성을 유지하는 중요한 역할일 수 있다. 글자가 없어 남의 글을 빌리어 쓰면 우리 정서의 섬세함을 제대로 표현할 수 없고, 우리말을 그들의 글로 쓰면 글은 보전에 유리함이 있어 일정한 시간이 흐른 후에는, 그들 글이 나타내는 언어가 우리말을 대체할 수 있기 때문이다. 그것은 현대 우리말의 상당 부분이 한자에서 유래된 것임을 고려하면 충분히 설명이 될 것이다. 그래서 한자의 이해도가 낮으면 우리가 쓰는 말을 이해하는 데 일정한 어려움이 생기는 것도 같은 원인일 것이다.

이러한 것이 문자는 말을 보전하고 말은 정서를 보전하게 하는 글자의 중요한 역할이고, 이것이 그들의 정서적 공감으로 형성된 그들 고유의 정체성을 유지하는 바탕이 되는 것이다. 이렇게 말과 글이 하나로 되어 그들의 정서를 온전히 표현하여 오래도록 지속할 수 있도록 하는 것이, 그들을 보전하고 유지하는 훌륭한 수단이 될 수 있다. 곧 어문일체는 그들 문화의 도약과 비상을 지원하는 기반이 될 수 있어, 그들의 정서적 구심력을 한층 강화시킬 것이다.

그러나 사용하는 언어정서와 다른 감성을 표현하는 문자는, 그 글자가 표현하는 내용은 비슷하더라도 그들 고유의 정서적 공감을 담아내기는 일정 부분 또는 상당한 차이가 있을 수 있어, 심리적 또는 정서적 원심력으로 작용할 수 있다. 이것은 정체성 훼손의 기능을 할 수 있어 잘 살펴볼 필요가 있고, 국가를 존속하고 유지하는 주요변수가 되어, 민족 자주와 독립에 심각한 영향을 끼칠 수 있다. 이러함으로 인해 많은 중화권의 조공국들이, 근현대의 전이 과정에서 민족자결의 자주독립을 이루지 못하고, 중화의 자치령으로 편입된 것은 아닌지 살펴보는 것도 좋은 참고가 될 수 있다. 그래서 어문일체는 정체성의 구심력으로 작용하고, 어문분리는 자주에 원심력이 될 수 있는 것이다.

훈민정음의 표제문에 "나랏말씀이 중국과 달라…."로 시작되는 뜻은, 우리말의 섬세함을 한자로 표현할 수 없으므로 민족정서의 훼손을 걱정하여, 한글을 창제할 생각을 하신 것 자체가 매우 큰 창조적 발상일 것이다. 그리고 '없는 것에서 있는 것'으로 한 창조의 실현을 '세종정신'이라 할 수 있다. 이렇게 우리말이 우리글이 되므로 우리 민족의 고유성인 '우리'를 회복하여 오늘의 우리가 있다고 본다.

만일 우리글이 오백여 년 전에 창제되지 않았다면, 오늘날 우리가 우리의 정체성을 유지하고 지속될 수 있었을까? 아니면, 아직도 일본처럼 공식문헌에 한자와 이두 등을 같이 쓰는 나라로 남을 수 있었을 것이고, 후손들이 그 어려운 한자를 익히느라 제대로 된 고등교육이 가능했을까? 현재 우리는 70%대의 대학진학률을 유지하고 있는데, 그 것의 가능성을 담보할 수 있을까? 만일 그러했다면 우리의 발전, 즉 선진국 대열에 모두의 예상을 뛰어넘는 초고속 진입이 가능했을까? 이다.

우리는 이러한 '세종정신'의 발현으로 우리글을 얻었음에도 그것 을 사용하는 데 소홀하여, 오백여 년을 한자만 사용했거나 또는 국 한문 병용이라는 과정을 거치면서, 한자의 도움 없이는 공식문헌의 작성을 할 수 없는 잘못을 불러왔다. 89년 한글 전용정책으로 현 재의 젊은이는 한자를 거의 알 수 없는 상태여서, 왕조실록이나 승 정원일기, 일성록 등 그리고 많은 선현의 역작들을 읽을 수 없는 아쉬움이 있다.

그것은 한자를 익혀 그것을 읽으라는 것이 아니고, 그때부터 한글 로 모든 문헌을 작성하거나 한글표기를 함께했다면, 선조들의 훌륭한 정신세계를 우리 젊은이들이 쉽게 볼 수 있어, 민족사에 큰 도움이 될 수 있었는데 아쉽다는 것이다. 민족역사 500년의 상실로 갈 수 있는 것은 아니었는지, 그리고 그것을 번역·재정리하는 데 얼마나 많은 시 간과 재원이 필요할지도 한 번쯤 돌아보면 어떨까 한다.

소리라는 이름으로

• • •

세종께서 창제하시고 공표한 우리의 글인 한글은 분명 글자인 것은 누구도 부정할 수 없는 사실이나, 그것을 공표하실 때 글자라 하지 않고 소리라 한 것은, 즉 훈민정음이라 하신 것은 어떤 의미일까?

물론 이미 사용하고 있는 관행의 문자가 있고 국가를 통치하는 대에서는 별문제가 없었을 것이나, 모든 국민인 백성의 역량을 강화하여 보다 강력한 그리고 바람직한 국가로 만들고 싶음도 있었을 것이다. 그리고 조선은 사대부의 나라라 하고 또 성리학의 나라라 했기에, 성리학의 뿌리인 중화문명 그리고 사대부의 마음의 고향일 수 있는 한자문화에서의 변화, 또는 한자문화의 거부로 비칠 수 있는 새로운 문자를 수용할 수는 없었을 것이다. 물론 그러한 사대부로 불리는 대신들을 설득하는 데 어려움도 있었을 것이고, 조그만 명분으로 큰 뜻을 그르칠 수 없는 보다 중요한 고려가 있었을 것이다. 그것은 우리말이 품고 있는 우리의 정서적 얼이나 씨앗일 것이다.

즉 사람들이 느끼는 마음의 흐름을 높고 깊게 살피시었다는 고려가 포함되어 있다고 본다. 우리는 '나'보다 '우리'를 소중히 하는 어떤 정서적 공감이 있는 것 같다.

그것은 국가나 민족 또는 공동체를 유지하는 중요하고 핵심적인 덕목인, 협력과 포용이 '우리'라는 말에 녹아있기 때문일 것이다. 이러한 우리말을 보전하려면 우리말을 있는 그대로 표현하고 표기할 수 있는 문자가 필요했기 때문에, 말하는 대로 따라 적을 수 있는 소리글을 만들 수밖에 없었다고 본다.

그것은 한글이 만들어져 많은 사람이 한글로 소통하는 데 문제가 없었던, 일제 강점기 초반에 있었던 만세운동의 선언서를 살펴볼 필요가 있다. 3·1운동의 독립선언서에는 "오등은 자에 아 조선인의 독립국임과 조선인의 자주민임을 선언하노라."라고 시작된다. 그리고 이것을 '우리는 오늘 조선이 독립국이라는 것과 조선인이 자주민이라는 것을 선언한다.'로 풀이할 수 있고, 여기서 가장 중요한 '우리'라는 단어를 '오등'이라고 표기했고, 선언서 중간에는 '오인'이라고도 표기하기도 했다.

이것은 우리를 '우리'라고 표기할 수 있는 훈민정음이 창제되어 473년이라는 세월이 흘렀고, 많은 사람이 우리글로 소통하는 데 문제가 없었는데도 '우리'를 '오등 또는 오인'으로 표기한 것은, 한글이 없었다면 우리라는 말이 오등이나 오인으로 대체되었을 수 있다는 것이 된다.

독립선언서의 33인 대표가 동학의 후신인 천도교의 지도자였기에, 그들의 수많은 죽음으로 얻어낸 갑오개혁의 중요한 부분이 한글전용이었다는 것을 고려하면 더욱 그러하다. 우금치에서 그 수많은 동지를 잃었던 점을 생각하면, 동학의 지도자들이 한글의 사용이 독립의 핵심 동력이 될 수 있는 것을 알면서도 한자인 '오등'으로 쓴 것은, 한글이 없었다면 그때쯤은 '우리'라는 말이 없어지고 '오등'이나 '오인'으로 일상화되었을 것으로 추정되기 때문이다.

만일 그렇게 되었다면 '나보다 우리를 우선하는 우리의 고유성이 지속될 수 있었을까?'이다. 그리고 오등이나 오인이 '우리'라는 말의 정서적 감성을 담아낼 수 있을까와 그러한 민족정서의 고유함을 지속시켰을 수 있었을까가 의문스럽기 때문이다.

만일 그러한 고유의 공감대가 사라져 버렸다면, '우리가 독립국가 유지를 위한 끈질긴 저항을 할 수 있었을까'와 '그렇게 되면 우리의 독립국가가 존속될 수 있었을까?'에도 생각이 미치기 때문이다.

우리글이 스민 정서

● ● ●

우리는 지나간 역사의 천여 년 이상을 한자로 표기하는 언어의 시대가 있었다. 우리말을 우리글이 없어 빌리어 쓴 시대가 있었는가 하면, 우리글을 얻은 후에도 한자와 우리글을 함께 사용하는 오백여 년의 역사도 있었다.

물론 한자는 지배층의 문자였고 한글은 서민과 여성들의 표기 수단으로 현대를 맞았다. 그것은 한자적 문화가 우리글의 문화와 오백 년 이상을 함께 했다는 것으로, 한자를 사용하는 이들은 힘을 가진 사람들이고, 한글을 사용하는 사람들은 그들의 지배를 받는 대부분의 우리들이었다.

그것은 일부 사람들에 의해 대다수의 사람이 지배되는 힘과 차별의 문화였다면, 대부분의 사람은 서로를 포용하고 이해하는 지혜와 평등의 문화를 함께한 것으로, 한 민족이지만 서로 다른 문화를 수용하고 살았다고 봐야 한다. 이러한 바탕적 사고는 우리의 정서적 공감대가 둘로 나뉘는 시대를 살게 했고, 그 흐름의 끝자락이 아직도 유지되는 것이 아닌가 생각하게 된다. 이러한 것이 우리를 둘로 나뉘게 하는 2분법적 사고의 원인을 제공했을 수 있다면 진정한 우리의 뿌리가치는 무엇일까? 한번 찬찬히 살펴보는 기회를 갖는 것도 도움이 될 것으로 본다.

이렇게 우리글을 사용하는 사람들의 마음속에 우리글이 스며들어, 그들의 애환을 그려낸 것이 지나간 시대 언문가사 문학이라 볼 수 있다. 우리는 글자를 소리라 하고 나를 우리라 한다. 남들은 알 수 없는 이러한 정서를 가지고 수백 년을 살아왔다.

그리고 이러한 표현은 우리의 겸손과 양보의 심성이 있는 그대로 글자 속에 녹아들어 가슴으로 우러난 것이 아닌가 한다. 그렇지 않으면 '글자를 소리'라고 하는 발상이 불가할 것이고, 이것은 우리를 살려내기 위한 세종의 마음이 글자에 담겨서, 우리에게 고스란히 전해지는 것으로 볼 수 있다.

이것이 '나를 우리'라고 하는 고유함을 우리글에 녹여서 우리의 가슴에 스며들게 한 것으로 보인다. 우리글이 우리의 가슴에 녹아들어 오백 년을 가슴앓이를 하고 나서야, 비로소 '한글'이라는 이름의 글자로 싹을 틔워서 하늘을 향하고 '우리'라는 고유함에 빛이 들게 했다.

이것은 '하나에서 모두로' 그리고 '나에서 우리로'라는, 우리는 모두가 하나라는 민족정서의 뿌리를 '홍익'에서 '우리'로 이어지게 했다고 본다. 우리는 이렇게 글자를 소리라고 하는 양보와 겸손 또는 수모를 받으면서 500년을 견디었기에, 우리글을 가슴에 스미게 하여 갑오농민과 기미만세를 역사 앞에 소환할 수 있었고, 우리 5,000년의 민족고유성을 독립과 자주 그리고 세계사에 우뚝 세울 수 있었다.

우리는 우리 고유의 민족정서가 수천 년을 스미어 농익은, '우리'라는 고유성이 담긴 말을 지키기 위해 우리글을 만들었고, 이제 그 글에 의해 우리의 민족혼이 살아나서 우리 민족 고유의 문화로 꽃피울 수 있는 토대가 마련되었다. 그것은 4·19와 6·10 그리고 촛불로 이어지는 보편적 평등과 품격의 요구가, 차별과 특권을 허물어 힘의 시대에서 지혜의 시대로 변화될 수 있는 가능성을 열었기 때문이다.

이러함이 우리의 문화로 나타나는 것의 한 가닥이 한류라는 형식의 BTS 음악과 영화 『기생충』이 아닌가 한다. 이러함의 가능성을 한 세기 전에 예언한 이가 있었으니 그의 혜안이 놀라울 뿐이다. 동양의 최초 노벨문학상 수상자인 인도의 시성 '타고르'가 실패했지만 너무도 숭고한 우리의 3·1운동을 보고, 동아일보에 게재한 『패자의 노래』와 『동방의 등불』은 그를 다시 보게 한다. "… 빛나던 등불 … 깨어나게 하소서 …"라는 그의 기원이 촛불이라는 여명을 오게 했는가? 그리고 쓰레기통에서 꽃이 필 수 있게 하는 것인가?

4. 항쟁과 운동

의로운 봉기는 왜?

• • •

우리 근현대사에는 한 세대에 한 번꼴의 시민항쟁이나 봉기 등으로, 민족정기의 큰 흐름을 만들어 가는 범국민적 운동으로 시대적 문제를 넘어서는 것 같다. 물론 어떤 경우는 지배층의 진압으로 뜻을 이루지 못한 경우도 있었으나, 그러한 사조나 흐름을 바꾸어 놓거나 막지는 못했다고 본다. 이러한 항쟁과 운동 등의 범국민적 봉기는 왜 일어나는 것이고, 그 기저 의식은 무엇일까? 우선 근현대사의 봉기와 항쟁은 어떤 것이 있을까?

기억할 만한 큰 변화의 시작은 1862년 민란이라고 이름 붙여, 진압해 버린 임술 농민항쟁에서 시작해서 32년 후인 1894년 동학농민 운동은, 구한말의 신분사회를 변화시키는 가장 큰 민족적 봉기로 볼 수있다. 그리고 1919년의 기미 만세운동이 갑오년 봉기 25년 후에 민족

자결과 독립을 선언하고 전국적 운동으로 확산되었다.

현대사에는 기미 독립선언 후 31년 만인 1960년의 4·19학생의거를, 그리고 1987년의 6·10 항쟁이 27년 후에 있었고, 최근에 많은 국민이 참여한 촛불시위는 그로부터 29년이 흐른 후 우리의 사회적 가치를 변화시키는 큰 흐름을 주도하고 있다.

이것은 1862년에서 2016년까지, 가깝게는 25년 멀게는 41년 간격으로 일어나 통산 약 30년 간격의 한 세대에 한 번꼴의 봉기가 있었다고 볼 수 있다. 이러한 범국민적 저항은 어떤 사회문제에 대한 우리 대처방식의 하나로 나타났다고 볼 수 있고, 그 뿌리에는 '우리는 모두가 하나'라는 동질의식이 자리 잡고 있기 때문일 것이다.

그것은 우리 민족의 고유정서인 '우리'라는 보편적 공감이, 어떤 문제의식에 대응하는 기본적 요소로 작용하는 것으로 보인다. 물론 이러한 정서가 있다고 해서 모두 공감하고 움직이는 것은 아니다. 우리를 움직이게 하는 데는 문제의식에 대한 동등한 앎과 판단이 있었을 것이다.

임술년에서 기미년까지의 세 번의 봉기는 동학이라는 우리만의 서민적 가치로, 서양학문에 대한 독자적이고 자주적인 사회철학을 따르는 사람들에 의해 주도되었다고 볼 수 있고, 그 바탕 동력원은 한글을 익힌 서민들의 앎의 수준이, 사회가치를 논의할 만큼 향상되었기에 가능했다고 본다. 그것은 갑오개혁에서 한글(당시 국문)전용을 얻어냈고, 신분제를 폐지한 문화적 신분적 성과를 이루었다는 것이 뒷받침하고 있다.

최제우가 1860년 동학을 창시하고 2년 후, 민란의 형식으로 봉기된 항쟁이 진압되는 과정의 사후처리에서 혹세무민했다는 죄목으로 처형된 것으로 볼 때, 동학의 영향을 인정하는 것으로도 볼 수 있을 것이다. 그리고 자타가 공인하는 갑오농민운동은 동학의 신봉자들이 주도했음은 알고 있는 사실이고, 기미선언에서도 33인의 대표자 중에 갑오년에 참여한 선각자들이 상당수 포함되어 있다는 것을 미루어 알 수 있을 것이다.

그리고 현대사의 학생의거에서 촛불까지는, 1950년 의무교육이 도입되면서 모두가 교육을 받고 민주가치를 배웠고, 헌법 제1조 제2항(제헌헌법 제2조)의 "모든 권력은 국민으로부터 나온다"는, 주권재민의 권리를 행사하기 위해 일어선 것으로 볼 수 있다. 4·19에서는 중 고등학생과 초등학생도 참여했고, 대학생들이 함께하므로 뜻을 이루었다고 볼 수 있고, 6·10 항쟁은 대학생과 그들의 선배인 직장인이 뜻을 모았다면, 촛불은 모든 세대를 아우르는 범국민적 요구였다고 볼 수 있다.

최근 20여 년간의 대학 진학률이 70%대였다는 것을 고려하면 국민적 앎의 수준이 전 세대에 보편화 되었다고 볼 수 있어, 이것도 한글을 바탕으로 한 교육의 성과에서 인과성을 찾을 수 있을 것이다. 이렇게 동등한 앎과 '우리'라는 정서적 공감이 그들을 움직이게 했기에, 한강의 기적과 선진화 진입이 가능했을 것이다.

우리는 '나를 우리'라고 하고 '우리를 나'라고 한다. 그리고 우리는 옳음이고 옳지 않은 우리는 우리가 아니라는 의식이 작용한 것으로 볼 수 있다.

우리 정서의 고유화

● ● ●

우리는 지나간 우리의 항쟁과 운동을 통해서 우리 정서의 고유성이 어디에 있는지 찾아볼 수 있는 기회를 얻었다. 그것은 '우리는 옳음'이라는 가치와 '우리는 나'이고 '나는 우리'라는 공동체의 지고지순한 공감에서 찾을 수 있다. 그러한 항쟁과 운동으로 우리를 지키기 위해 나를 희생한 많은 사람이 있었기에, 우리는 옳음의 가치를 좇아 앞으로 가고 있는 것이다.

우리는 근대사 3번의 봉기에서 신분제도를 폐지하는 상하평등을 이루었고, '국문전용'이라는 448년을 글자 대접을 못 받은 소리를, '나라글'이라는 국문으로 문자의 반열에 올리므로, 모두의 앎이 동등해질 수 있는 제도적 기반을 마련했다. 신분의 평등은 상위품격의 양반이 하인이 되는 것도 아니고, 보통사람인 상인이나 중간층의 사람인 중인이 되는 것도 아니다. 그것은 하인으로 불리던 천인들의 신분이 양반의 신분과 같아졌다는 것이 된다.

이것은 제도만 있다고 되는 것이 아니고 최소한, 그들이 사물을 판단하고 헤아려서 어떤 행동의 합리성을 이끌어 낼 수 있는, 앎의 평등과 품격이 동등해져야 함은 물론이고, 상위층과 비슷해질 수 있는 지식도 요구했기 때문이다. 하인과 천인 그리고 일반 상민들이 소위 양반이라는 사람들과 평등해진다는 것은, 교육이라는 수단을 통하지 않고는 불가능한 것이다.

그렇다면 그들을 어떻게 깨우쳐서 평등을 실현하느냐의 문제가, 대부분의 백성인 서민들의 짐으로 지어졌다고 봐야 한다. 그들과 같은 수준의 앎을 얻으려면 한자라는 어려운 글자로는, 도저히 달성할 수 없는 그림에 떡 같은 것이 될 것이다. 생업을 유지하면서도 충분히 글자를 깨우쳐서 양반들이 가지는 최소한의 식견을 쌓아야 가능하므로, 배우기 쉬운 우리글인 국문(한글)의 도움을 받아야 가능했을 것이다.

한글이 없었다면 그들을 신분의 동등으로 이끌어 내는 것은 불가능하다. 그래서 앎이 동등해지는 것, 그것을 한글이 가능하게 했기에 세종의 한글이 우리를 우리답게 하는 모두를 하나로 묶어 낼 수 있는 수단이 될 수밖에 없었다.

그래서 갑오년 개혁에서 신분제 폐지와 한글전용은 한 몸일 수밖에 없는, 즉 우리를 살려내는 중요한 역할을 했고, 그것은 민족 고유성인 '나를 우리'라고 하는, 공동체의 인문적 지혜를 서민들의 품에 안겨주어 그들을 사람답게 할 수 있었다. 이러한 과정은 수십 년이 걸려서 의무교육이 도입되고, 그들의 노력으로 대학 진학률이 선진국 수준에 이르러서야 품격이 동등해질 수 있었다.

그러는 동안 동등한 앎을 얻음으로 깨우친 민중의 힘이, 산업화와 민주화 그리고 선진화로 가는 과정에서 품격의 동등을 이루어내므로 지배층들에게 정치적 합리를 요구했고 경제적 합리도 요구하고 있으며, 사회적 합리도 실현하라고 민주절차에 의해 요구할 수 있어졌다.

결국, 우리의 고유성인 '우리'라는 공유적 정서에는, 평등과 포용 그리고 함께가 수용되어 있음도 알고 실현하게 되었고, 우리에는 다양성을 수용하고 포용하는 감성도 함께하는 것을 알 수 있게 되었다. 그것은 한자를 사용하는 지배층에서는 한자적 정서로 느끼고 생각할 수밖에 없는 것으로, 차별과 특권적 사고에서는 불가능한 것이었다. 평등과 보편 동등과 옳음 그리고 '우리는 하나다'라는 우리의 고유성은, 상하를 함께 묶어내는 우리글이 그것을 가능하게 하고 있다. 그리고 '나를 우리'라고 하는 것은 책임과 품격도 함께 요구하고 있다.

즉 '오등' 또는 '오인'이라 하지 않고 '우리'라고 하는 것에서, '말이 달라지면 생각이 바뀐다'는 말을 실현할 수 있어졌음을, 우리는 『임을 위한 행진곡』에서 느낄 수 있을 것이다. 우리는 언제부터인가 옳음을 요구하는 봉기나 시위현장에, "…앞서서 나가니 산자야 따르라"는 노래를 자주 듣게 되는 것 같다.

'나를 나'라고 하는 사람들은 이 말이 무슨 뜻인지 의문스러울 수 있다. 그러나 '나를 우리'라고 하는 우리는 그 말이 무슨 뜻인지 모두가 알고 있다고 본다. 그것이 우리 고유성의 한 단면일 것이다.

비폭력의 표상 흰색

• • •

우리는 글자를 소라라고 양보하는 너그러움을, 그 글자로 깨우침을 얻은 이들에 의해 448년을 가슴에 스미게 해서, 용서와 포용을 마음에 담아냈다. 그것은 "지는 것이 이기는 것이다."라는 우리 속담의 실현이기도 했지만, 양보는 극단의 폭력적 부딪침을 넘어설 수 있는 비폭력의 한 방법이기도 하기 때문이다. 어떤 문제에 대해서 상대를 이기려고 하면 그들의 약점을 찾아 공격하려고 상대의 부족한 점만을 보려 할 수 있다. 그러나 지려고 하면 그들이 우리보다 더 잘할 수 있는 장점을 보게 되고, 상대의 장점에 대응할 수 있는 방안을 찾아내므로, 그들을 능가할 수 있는 우리가 어떤 것인지를 알 수 있어지기 때문이다.

이것은 지피지기의 또 다른 실현 수단이라고 볼 수 있다. 나의 장점으로 상대의 단점을 살펴 이기려 하지 않고, 상대의 강점을 알고 거기에 대응하는 나의 능력을 비축하는 것이, 결국은 이길 수 있는 방법이 된다는 것이다.

이렇게 소리글이라고 하는 우리글에는 비폭력의 '우리 함께'가 수용되어 있어, 차별과 특권을 요구하는 한자적 정서와는 다름이 있다. 한자를 사용하는 지배층에서는 차별과 배제가 한자적 정서에 녹아 있어, 서민들과 평등과 동등을 생각하는 것은 자신을 부정하는 것일 수 있다. 그러나 우리글의 정서에는 양보를 함으로써 소리를 글자로 승화시켰고, 그 글자를 통해 깨우침을 얻음으로 그들과 동등해지는 앎과 품격을 얻을 수 있었다.

이것이 우리글이 가지고 있는 양보이고 너그러움이고, 비폭력이고 우리 민족이 가지고 있는 순수함이어서, 우리는 비폭력의 상징인 흰색을 좋아하는 것일 수 있다. 그리고 우리의 뿌리가 백두에서 시작되었다는 정서적 바탕도 흰색의 그리움일 수 있다.

백두의 분화로 삶의 터전이 사라져 수천 년의 고향을 떠났지만, 하얀 화산회로 덮인 백두의 기억 그리고 겨울에 흰 눈으로 쌓인, 선조들의 마음의 위안이었던 하얀 산과 두려움을 준 산으로 기억되는 백두일 것이다. 백두에 기대어 살 때는 가끔의 분화로 고난도 주었지만, 풍성한 수확을 주어 여유나 행복을 누리게 했던 어버이와 같은 하얀 산, 그리고 연기와 불을 뿜어 하늘의 위엄을 알게 하여 우리의 겸손과 양보를 일깨워준 산이었다.

마음의 안식처를 떠난 선조들의 기억에 남은 것은 오직, '흰색'과 대피와 귀향 과정에서 하나로 뭉쳐 고난을 극복한 '우리' 그리고, 산의 '두려움'이었을 것이다. 그래서 우리는 흰색을 마음에 품고 살았고, 그것이 그들을 흰옷을 입도록 했고 백의민족으로 남도록 했을 것이다.

이러함의 순수함과 비폭력은 3·1운동과 촛불에서도 잘 나타나고 있다고 본다. 많은 사람이 모이는 시위는 그 힘의 본능 때문에 폭력화할 수 있는 것이 상당한 사례였음에도, 범시민적 또는 범국민적 참여로 수개월간 지속되었고, 서울과 지방을 가리지 않고 거의 모든 지역에서 호응하였음에도, 참여자 스스로 폭력을 시도하지 않은 점은, 우리의 인본적 보편의 지혜로 볼 수 있을 것이다.

그리고 우리의 선조들은 산에 의지하고 살아서, 산에 대한 고마움이나 편안함도 있겠지만 불과 연기를 뿜었던 백두의 힘을, 하늘과 자연의 경고와 두려움으로 보아 산을 '신'으로 모시는 토속신앙도 생긴 것 같다. 우리는 어느 지역을 가나 산신에 대해 예를 드리는 것을 볼 수 있고, 모든 사찰에는 산신당이나 산신각이 있는 것으로 보아서도, '산신'문화가 '우리'와 '흰색'과 함께한다고 볼 수 있다.

우리의 흰색을 추앙하는 정서가 백두의 분화에 대한 저항할 수 없는 두려움과 폭력적이지만 자연적 재난으로 수용하고, 오랜 시간을 백두에 의지했기에 비폭력과 흰색을 함께 하나로 인식했을 것이다.

모두가 하나로 우리

• • •

우리라는 말에는 상당수의 사람으로 구성된 집합체를 바탕으로 하는 생각과 정서가 포함되어 있는 것이다. 우리라는 전제는 이들 구성원의 결속을 위한 지혜가 존재의 필요가 된다. 그래서 우리에는 모두 함께할 수 있는 공존의 지혜가 없으면 우리는 있을 수 없는 허상이 되고 만다.

이렇게 여럿이 함께 있으려면 그들은 옳음이어야 한다. 그들 집합이 추구하는 가치, 즉 공존의 지혜가 옳지 않음이 있을 경우, 누구도 계속 머무르려 하지 않기 때문이다. 물론 범죄조직같이 옳음을 거부하거나 옳음으로 가장한 구성 집합은 있을 수 있으나, 그것은 오래도록 유지할 수 없는 구조이기 때문에, 옳음의 가치에 충실하지 않은 우리는 존재하지 않는다고 봐야 한다. 이것은 우리라는 의미 속에 투명성과 깨끗함이 포함되어 있어야 그들의 동의를 얻어, 그들 집단이 지속될 수 있기 때문에 비밀이나 모략 같은 술수가 개입할 수 없는 사고적 바탕을 가지고 있다.

그래서 우리는 영원할 수 있는 가치를 포함하고 있다. 나는 언제나 죽어서 없어질 수 있으나 우리는 없어질 수 없는 사회적 집합체로, 우리가 소멸하는 것은 모두가 사라져야 하는 인류종말 같은 과정일 수 있다. 이러함이 우리를 영원히 존재할 수 있도록 하는 철학적 바탕이고, 그래서 어떠한 도전에도 끝없이 극복하고 저항해야 하는 심리적 가치를 가지고 있다.

이러한 것이 '나를 우리'라고 하는 우리 민족 정서의 고유성이다. 그래서 '우리'는 좌절할 수도 없고 무너질 수도 없는, 그리고 존재할 수밖에 없는 가치의 결정체이다. 이 세상에서 인류가 공존할 수 있는 지혜를 하나의 단어로 표현한다면, 어떤 것이 있을까? 한번 찾아보고 생각해 보는 기회를 가져보는 것도, 나와 우리를 정립하는 데 도움이 될 수 있을 것이다. 단 한마디의 말로 표현할 수 있는 인류 공존의 지혜는,

'우리'라는 말보다 더 좋은 어휘는 찾을 수 없을 것이다.

그것은 우리 선조들이 자연재난이라는 것을, 하늘의 뜻으로 받아들일 수밖에 없는 백두의 분화를 수용하고 있기 때문이고, 그 바닥에는 우리의 삶을 풍성하게 할 수 있는 원시시대의 농업생산력과 이동에서 정착생활로 전환하는 과정의 안정과 평안을 넉넉함에서 찾았기 때문일 것이다. 이렇게 백두의 분화는 끝없는 도전과 시련이었지만, 도구의 발달이 없었던 시절 채집의 풍요함을 얻을 수 있는 지리적 이점을, 도전의 시련과 교환하므로 '우리'라는 가치를 아픔이지만, 그보다 나은 가치가 없음을 알았기에 '나를 우리'라고 하게 했을 것이다.

그래서 우리라는 말에는 행동으로 실천하지 않으면 사라져 버리는 무서움도 갈무리해 둔 것 같다. 좌절하거나 옳음에 저항하는 도전에는 언제나 행동으로 대처했기에 우리를 살려냈고, 수많은 어려움에도 일어서고 저항하고 그리고 양보하고 수용하고 하면서 자신을 지켜냈다.

그것은 통치행위에 아무런 지장이 없음에도 굳이 한글을 창제한 세종의 뜻과도 같음이 있을 것이다. 우리의 글자는 옳음과 평등 그리고 모두를 위해 만들어졌고, 그것은 지배층에게는 그들의 신분적 우월함을 훼손하고 결국에는 그들을 무너뜨릴 수 있는 선택이었지만, 그것을 옳음이라는 하나의 가치로 실현했기 때문이다. 그 많은 사대부 대신들의 반대를 무릅쓰고, 절대의 존엄을 버리고 글자를 소리라고 양보함으로, '지는 것이 이기는 것'으로 이끌어 낸 세종이 없었다면, 우리라는 말이 변질되거나 소멸되어 갈 수 있었음을 살펴볼 필요가 있다. 그리고 갑오농민운동이나 만세운동 그리고 학생의거와 항쟁, 비폭력의 촛불 등으로 끊임없이 행동했기에 우리를 보전하고 있는 것이 된다.

그것은 우리라는 정서는 행동하지 않으면 사라질 수 있는 감성이기 때문이다.

5. 스러져간 꽃들

민본 동학의 표출

• • •

우리라는 고유성은 움직여서 행동하지 않으면 사라질 수 있는, 민족 정서의 뿌리 같은 감성에서 비롯되는 것으로 볼 수 있다. 그래서 옳음이 아니라고 느끼면 언제나 행동했고, 경우에 따라서는 움직임을 이끌었던 상당한 이들이 희생되는 사례도 있었다. 그러한 희생의 바탕에는 우리는 하나이고 모두이며, 그것이 곧 나라고 생각하고 느끼는 공감이 있었기에 가능할 수 있었고, 그래서 그들에 의해 우리가 지켜졌고 이어지고 있는 것으로 볼 수 있다.

조선이라는 나라는 민본사상을 바탕으로 왕조를 바꿀 명분을 얻었지만, 그 사회적 뿌리는 신분사회의 차별성이 뒷받침되는 구조였다. 그러나 동학농민운동에 의한 변화의 요구는 신분평등이었고, 그 결과 3년 후 대한제국으로 나라의 이름이 바뀌고, 임금을 왕에서 황제로 변경되는 국가의 틀을 바꾸게 된다.

신분사회는 한자를 사용하는 중화적 정서였지만, 동학농민운동으로 신분제도의 폐지와 함께 공식문자로 한글을 사용하게 하는 개혁도 함께 단행되므로, 신분의 평등을 한글이 이끌었다고 볼 수도 있다. 한자는 차별의 상징 같은 것이었지만, 한글은 모든 서민과 여성과 신분의 상하를 하나로 묶어내는, 진정한 우리를 실현할 수 있는 수단이 될 수 있었기 때문이다.

한글로는 모두가 소통할 수 있었지만 한자로는 지배층 일부만 소통이 가능했기에, 문자의 변화는 신분을 하나로 하는 평등을 이끌어 내는 훌륭한 도구가 될 수 있었다. 고려왕조에서 조선왕조로 변화를 줄 수 있었던 명분은, 민심이 천심이라는 맹자의 민본사상을 받아들인 신흥사대부들에 의해, 임금은 하늘의 뜻에 의해 실현된다는 천명사상을 바꾸어 놓았기에 가능했다.

이것은 결국 백성의 마음이 하늘의 마음이 되어 천명을 바꿀 수 있다는, 천명절대군주론에서 천명상대군주론으로 변혁하는 봉건제도를 뒤엎는 변화를 이끌어 내었다. 이러한 변화는 동학의 토대를 형성하는 씨앗사상이 되어, 많은 사람이 동학을 수용할 수 있는 단초를 제공했다고 볼 수 있을 것이다.

연산군의 한글박해 정책으로 한글로 번역된 유학의 경전들이 불태워진 후, 선조에 의해 『사서삼경』이라는 유학의 핵심경전을 언문(한글)으로 풀이해서 출판하는 사업의 완성으로, 이들 일곱 가지 책자(칠서)

의 언해본을 서민들도 읽고 이해하는 것이 가능해졌다. 한자를 읽을 수 없어 유학의 높은 뜻을 알 수 없었지만, 한글로 풀이된 언해본을 많은 사람이 읽을 수 있어지므로, 유학이념이 서민층으로 폭넓게 조선 후기사회에 받아들여지게 되었다.

이것은 왕조를 바꾼 민본사상이 무엇인지도 알게 되었고, 그것은 결국 "백성의 마음이 하늘의 마음"이라는 문구를 직설적으로 풀이하면, '백성이 하늘'로 되는 것이다. 곧 '사람이 하늘'이라는 '인내천'이 되는 것은, 생각의 폭이 상당한 사람은 누구나 수용할 수 있는 사회적 가치로 자리 잡게 되고, 그것은 '사람은 평등하다'로 발전될 수밖에 없었을 것이다.

이것은 한글을 깨우친 많은 사람의 호응을 얻어, 우리 고유의 정서인 '나는 우리'이고 '우리는 모두 하나'라는 생각을 할 수밖에 없었다. 이렇게 한글을 깨우치면 모두가 평등해지는 것을 알게 되었고, 이것은 불평등의 조선말기 사회를 근본적으로 바꾸어 놓을 수 있는 변화가 민초들의 한과 어우러져 동학에 가담하게 하고, 그들을 움직이게 했다. 옳은 것이 무엇인지를 알게 되면 사람들은 옳음을 위해 행동하게 되고, 그것은 구한말 국채보상 운동이나 IMF 위기 때 금 모으기 운동에서 잘 나타나고 있는, '우리'라는 고유성일 것이다.

나는 '우리'이고 우리는 '옳음'이고 모두가 하나인 우리는 평등하고, 모두가 하늘처럼 존엄할 수 있다는 것을 깨우쳤기에 그들은 스스로 일어섰고, 그리고 그들이 옳다고 생각하는 가치를 위해 싸울 수 있었다.

그리고 옳음과 사회와 국가를 위해 우금치로 갔고, 일본군의 막강한 무기 앞에서 처절하고 처참히 사라져 가므로, 새로운 우리로 변화할 수 있게 했다.

만세운동의 용기

• • •

사람이 하늘이라는 동학의 인간 존엄을 바탕으로 한, 인본사상은 많은 변화를 우리 사회에 가져왔고, 그것이 자리 잡아가는 과정에서 많은 충돌과 시련도 있었다.

힘을 가진 지배층들의 정서는 무조건 평등을 받아들이는 데 철학적 아량이 부족했고, 한글, 즉 언문으로 문서를 작성하는 어색함을 격에 맞지 않다고 거부하는 저항도 피할 수 없었다. 힘 있고 많이 배운 사람들을 따르라는 것은, 차별적 정서로 한자를 통용하는 사람들의 오래된 관행 같은 것이었다. 그러나 옳음을 따르라는 것은 한글을 바탕으로 하는 평등과 우리라는 정서의 공감이, 또 다른 정서의 큰 흐름이었다.

이러한 변화는 관행적 신분을 지키고 싶었던 사람들과 인내천의 평등을 요구하는 사람들의 차이를 가져왔고, 한자를 사용하는 차별적 특권을 유지하려는 사람들과 한글의 보편적 소통과 평등을 바라는 서민들에 의해서, 세상은 새로운 계기를 맞게 된다. 그것은 을사늑약

(1905년 외교권 박탈의 보호조약)과 경술국치(1910년 한일합병)를 맞으면서, 의지하고 지켜야 할 국가가 없어져 버리는 상황에, 어떤 것이 옳음인가에 서로 다른 해석을 하기 시작했다.

관행적 신분을 유지하고 관행적 한자를 사용하면서 지배층의 특권을 유지할 수 있는 길과, 모두를 하나로 묶어내고 소통할 수 있는 한글을 받아들이고 평등을 수용하는 것의 다름이었다. 국가를 지키는 것이 옳음이라는 길을 택한 이들과 기울어가는 국가보다 신분을 지키고 특권을 유지하려는 이들의 서로 다름이, 서로를 부정하고 사회를 갈라놓는 소용돌이로 빠져들게 했다. 그리고 그 결과는 고스란히 서민의 몫으로, 민족의 유산으로 오랜 갈등을 우리에게 안겨주게 되었다.

한자를 사용하면서 신분적 특권을 누리려는 이들은, 외세를 불러들이고 그들을 도우면서 바라는 것을 얻었으나, 나라가 없어지는 수모를 모든 국민에게 감수하라고 강요했다. 우리는 옳음이고 국가는 우리이고 모두가 나라고 생각하는 이들은, 평등을 받아들여 모두 함께 국권을 회복하는 일에 참여하고 한글로 민초를 깨우쳐서, 자주와 독립이라는 멀고도 험한 길에 들어서는 고난을 자초하게 되었다. 많은 농민의 봉기로 얻어낸 갑오개혁을 달성하려는 사람들과 개혁을 거부하고 신분적 관행을 누리려는 사람들의 서로 다름은, 서로를 수용할 수 없는 거대한 벽으로 자신들을 가두어 버렸고 그 후유증은 아직도 진행형으로 남게 되었다.

기미년 봄부터 그해를 온전히 만세 소리로 세상을 채웠던 탑골공원에서, 각 지방의 장터마다 그곳은 주민들의 상하구분 없이 하나가 되었다. 모두가 평등하다는 가치가 유림의 서생들도 땅에 뿌리박고 사는 민초들도, 나보다는 우리가 먼저라는 그리고 국가가 있어야 우리가 있다는 생각을 하게 했고, 그것이 수많은 이들의 옥고와 죽음을 불러오게 되었다. 그리고 그 수많은 민초의 용기는 어디서 온 것이고, 무엇으로 그것을 가능하게 했을까? 십 대의 소년·소녀들도 호미 들고 쟁기질 하던 농부들도, 그리고 장돌뱅이 보부상들도 지방의 이름 없는 서민들이, 무슨 영웅심에서 죽음과 옥살이의 두려움을 버리고 만세장터의 용기를 냈을까? 그리고 그 결과로 춥고 어두운 감옥에서, 저항할 수 없는 두려움의 고문을 견디면서 그렇게 죽어갔으면서, 그리고 또 만세를 불렀는가? 그것은 우리는 나이고, 나는 나라이고 우리는 옳음이라는 우리 민족 정서의 뿌리이고, 마음의 고향 같은 그 '우리'를 지키기 위해서일 것이다.

2020년 코로나를 맞으면서 K-방역으로 선진을 선도하려는 우리의 바탕에 있는, 이 '우리'를 다시 한 번 재조명하고 성찰해 볼 것을 고려해 보자.

과연 우리는 왜 '나를 우리'라고 할까? 그리고 우리는 왜 옳음이라는 가치가, 2020년 7월 어떤 이는 서울특별시 장(葬/5일장)으로 하는 것이 합당한지, 또는 어떤 이를 육군 장(葬/5일장)으로 현충원에 봉안하는 것이 합리적인지를, 우리라는 관점에서 옳음이라는 관점에서 살펴보자. 이것이 갑오개혁을 수용한 사람과 거부한 사람들의 다름에서 오는 슬픔이 아닌가 생각하게 되는 것은 무엇일까?

혈흔으로 고착된 둘

●●●

우리 역사는 상당한 기간을 중화라는 거대한 고대 문명의 영향을 받았고, 짧은 과도기적 근대를 거치고 현대사에 접어들었다. 우리의 오랜 문화적 추앙이었던 중화의 거대한 힘은, 거부할 수 없는 선택으로 수용할 수밖에 없어 수모를 받은 적도 있었다.

그것은 하나의 힘을 축으로 움직이는 수난이었지만, 민주적 국가를 정립해야 하는 초입부터 범세계적 두 거대한 힘을 직접 수용할 수밖에 없었고, 그리고 그 힘에 의한 '이이제이'(以夷制夷)의 굴레를 어떤 저항도 해보지 못하고, 뒤집어쓸 수밖에 없는 현실에 부딪히고 말았다. 그것은 식민의 해방에서 냉전체제를 선도하는 두 이념적 힘에 의해 광복을 얻음으로, 우리의 주장을 반영할 수 없는 새로운 힘의 질서에 짓눌러 버렸기 때문이다. 민족자결과 새로운 민주국가를 바랐던 꿈은, 이념의 선택권이 박탈된 상태에서 반쪽 주권재민을 실현하게 되었다.

그것은 모든 권력과 힘은 국민으로부터 나와야 하는데, 이념의 선택권을 거부 당해버리므로 이념이 무엇인지도 모르면서, 광복정부가 이념이 주권이 되어버린 상태에서 출범하므로, 국민주권을 제한하는 결과가 되었기 때문이다.

이것은 거대한 힘의 '이이제이' 수법에 의해 정부수립 2년 만에 두 냉전이념의 대리전을, 각각의 '이이제이'가 되어 서로를 압살해야 하는 전란에 휘말렸기 때문이다. 하나를 둘로 갈라놓은 외세의 대리전 때문에, 끝없는 피의 보복이 반복되는 본능을 거부할 수 없어지면서, 이념이 무엇인지를 알아가기도 전에 이념의 앞잡이가 되어, 다른 이념을 원수로 죽여야 하는 현실을 감당해야 했다.

우리라는 고유정서는 하나일 때 옳음이고 참이 될 수 있는데, 둘이 되어 각각의 옳음을 주장하고 서로가 참이라는 이상한 전쟁 속으로, 모든 국민을 몰아 놓고 헤어 나올 수 없게 한 햇수가 어언 70년이 되어 버렸다. 국민이 선택하지 않은 이념 때문에 전 국토를 오가면서, 수백만 대군이 38선에서 낙동강까지 그리고 낙동강에서 압록강까지 그리고 또, 서울과 한강을 내어주고 37도선까지 그리고 다시 38선권의 현재 휴전선까지, 3년에 걸친 전쟁은 어떤 명분도 옳음도 없는 거대한 냉전집단의 서로 옳음의 주도권 다툼에, 우리의 수많은 젊은이와 국민을 죽음으로 몰고 갔고 돌이킬 수 없는 상처를 남기고 지금도 진행형으로 멎어 있다.

이념 프레임(frame)에서 출발한 두 개의 정부들이 전 국토를 물들인 피의 책임 때문에, 이념은 더욱 견고한 도저히 돌이킬 수 없는 철벽이 되어 우리를 양분하고 있다. 이름 없이 죽어간 수많은 이들의 피로 물던 이 견고한 이념의 벽을 누가 만들었고, 그 이념의 옳음은 진정 무엇인가? 우리라는 고유성은 하나일 때 우리가 되고 평등할 때 우리를 회복하는 것인데, 어느 누구에게 피의 책임을 물어 평등을 회복하고 우리로 남을 수 있을 것인가?

전란 중에 치러진 우리의 대통령선거를 보고 외신기자가 뽑은 한국의 민주의식에 대해, "쓰레기통에서 장미꽃이 피는 것을 기대하는 것과 같다"는 절망적인 기사를 본국에 송고했다고 한다. 그리고 휴전 후 유엔한국재건위원회(UNKRA)의 단장으로, 한국을 방문한 인도의 유엔대표였던 메놈(Menon)이 작성한 유엔보고서에서, 한국의 경제를 재건하는 것은 "쓰레기통에서 꽃이 피기를 기다리는 것과 같다"고 했다는 사례는, 우리의 전란 후유증이 얼마나 심각했는지를 보여주는 단면이라고 생각한다.

그러나 우리는 산업화도 달성했고 민주화도 이루어내는 한강의 기적을 이루었다. 이러한 우리의 저력은 어디서 나왔고 그 원동력은 무엇일까? 그 많은 피를 흘리고 사라져 간 그들에게 무엇이라고 대답해야 할까? 현재 우리 정부는 이념 프레임에서 출발해서 정치가 이념에 갇히어 버렸다. 그래서 정치의 본질을 회복할 필요가 있을 것으로 본다. 자신을 버려 이념의 정치를 지켜내고 가신 그들에게 우리는 70년간 무엇을 했다고 답해야 될 때가 된 것 같다.

민본에서 민주로

• • •

우리는 동학 농민운동으로 평등을 찾으므로 우리를 회복했고, 우리의 앎을 동등하게 할 수 있는 한글을 '국문'이라는 이름으로 정식 글자로 인정받게 되었다. 이것은 '나를 우리'라고 하는 우리의 보편적 동등의식을 한글이 실현할 수 있게 했고, 그것은 우리가 옳음이라는 가치도 실증하게 했다. 물론 이러한 개혁적 변화의 바탕에는 지배층의 통치철학도 상당한 기여를 했지만, 그들의 일부는 기득권적 신분의 특권을 유지하려고 평등과 옳음에 저항하는 새로운 문제도 불러왔다.

반상의 신분적 사회를 근거로 오래된 철학인 민본사상(기원전 맹자사상)을 지배층이 도입했기에, 민심이 천심이라는 상대천명론을 근거로 왕조를 바꾸는 혁명을 이루었다.

이러한 '사람 마음이 하늘 마음'이라는 개념은 사람이 하늘이고 평등하다는, 인내천 개념으로 변화했고 모든 사람은 존엄하다는 천부인권론을 완성하게 된다. 이것은 결국 민본에서 인본으로 그리고 서구의 통치철학인 민주로 전환하는 밑거름이 되었고, 이념의 굴레를 쓰고 출범한 정부였지만, 민주와 주권재민으로 가는 평등을 실현하는 새로운 길을 열어주었다. 이렇게 민본의 조선에서 민주의 한국으로 신분적 차별에서 모든 국민이 평등한 현대사회로, 서구의 정치질서와 통치철학을 받아들여 새로운 사회질서를 만들어가는 실험적 현실에 부딪히게 되었다.

우리가 늘 접해오던 대륙의 문화에서 문화의 유입경로가 바뀌어서, 해양의 서구제도를 생활 질서의 준범으로 제도화하므로, 정서적 관행과는 다름이 있어 상당한 시행착오도 하게 되었다. 그것은 민주의 뿌리인 주권재민은 '모든 권력은 국민으로부터 나온다.'라는 행동철학의 실행에 문제가 생기게 되었다. 민주의 주권을 실현하려면 민주제도와 질서의 형성동기와 운용과정을 알고 스스로 선택해야 하는 어려움이, 문맹의 국민에게는 전연 알 수 없는 답답함과 이상함으로 불편함을 주는 것 같은 느낌으로 다가왔기 때문이다. 이것은 주권을 행사하고 참여하는 사람들의 앎이 최소한의 기준을 충족할 수 있는, 동등함이 있을 때 가능한 선진적 문화와 질서였기 때문이다.

구한말과 일제강점기 그리고 해방과 전란을 겪으면서, 국민들이 글자를 배우고 깨우쳐서 스스로 판단할 수 있는 과정이 누락되었고, 사회적 제도도 부실했기 때문에 다시 혼란의 소용돌이에 빠져들었기 때문이다. 그것은 민주로 가야 하는 통치 방법이 부정한 수단을 동원한 잘못된 과정으로 인해, 독재로 가는 세월이 10여 년이 넘어가면서 새로운 차별과 특권을 누리는 부패한 세력에 의해, 법의 집행과정과 질서의 확립방법에서 공정성과 합리성이 무너져 내렸기 때문이다.

해방 후 자주 정부가 들어서고 서구적 교육제도인 의무교육을 1950년에 도입하면서, 유·소년층의 대부분은 한글을 읽고 민주절차와 질서가 무엇인지를 배웠는데, 어른들이 행동하는 민주적 절차와 질서가 잘못된 것을 보게 되었다. 그들은 우리가 옳음이라는 감성적 울분이 용기가 되어 새로운 저항을 했기 때문에, 많은 수의 초·중·고학생들이 희생되는 4·19를 맞게 되고, 독재정부가 무너지는 민주주의의 혹독한 수험료를 지불하고 말았다. 이것은 힘과 차별의 한자적 정서에서, 평등과 동등한 앎을 추구하는 한글적 정서의 차이에서 오는, 과도기적 현상일 수도 있다.

의무교육을 한글로 시작했고 한글에 의해 서구적 교육을 받고 서구적 민주주의 문화를 배웠기 때문에, 한글과 민주와 서구문화를 함께 하는 동일체적 감성도 생기게 되었다. 그래서 교육 혜택을 누리지 못했던 서민들의 자녀가 깨우치기 시작했고, 그것이 그들 부모들이 민주질서로 가는 것을 도와주게 되었고, 민초들의 서구적 민주문화를 받아들이고 신봉할 수 있는 하나의 흐름이 되었다.

지도지배층의 구시대적 흐름에 차별과 특권을 배제하라고 요구하고, 평등과 동등이라는 합리적 민주정신은 정치적 합리를 요구했고, 경제적 합리도 요구할 수 있어지는 민주를 찾을 수 있게 되었다.

제2장

한강의 기적

1. 전란의 흔적과 영향

전란과 이념과 옳음

• • •

일제 강점에서 벗어날 힘이 없었던 나라는 미소라는 두 전승국의 거대한 힘에 의해, 해방을 맞았으나 남북으로 양분되는 바라지 않은 결과를 가져왔다. 이것은 이념이 무엇인지도 모르는 상태에서 둘로 나뉜 땅 위에 사는 사람들에게, 각각 그들의 정치적 이념을 실현하려 했고, 두 거대한 이념의 덩어리는 서로의 옳음을 주장하면서 냉전이라는 새로운 전쟁형태의 최전선이 우리의 국토에 형성되었다.

그리고 결국 그 힘의 본능이 '이이제이' 전략의 최일선이 되어, 각각의 이념에 대한 오랑캐가 되어 상대를 제압해야 하는, 원하지도 않았지만 벗어날 수도 없는 전란에 휘말리는 시련을 맞고 말았다. 이념의 힘에 국토와 국민은 양분되었고 그 이념의 행동대원들이 되어 서로를 죽이는, 그리고 죽음의 원한이 피가 되어 우리의 땅을 물들이는 참혹한 당사자로, 그 피의 대가를 받아내야 하는 각각의 채무가 생기고 말았다. 그리고 그 피의 빚은 서로의 이념이 되어 스스로를 묶음으로, 거대한 매듭이 되어 서로를 그리고 스스로를 이념의 덫에 가두어 버렸다.

그해 여름 낙동강을 물들인 피의 원한 때문에 북으로 압록강까지, 전 국토는 폐허가 되고 수많은 젊은이가 죽어가고 다치면서, 살아남은 이들의 터전은 한숨과 절망과 굶주림으로, 살아있음이 삶이라는 것을 절절히 보여주는 영화 같은, 그리고 희극 같은 무대가 되고 말았다. 3년의 전란을 거치고 목숨이 남아 있는 이는 살아가야 하는 생명본질이, 이념과 뒤죽박죽이 되어 그들의 가슴을 헤집어도 그들은 살아남아 낼 수밖에 없는, 냉엄한 현실을 깨우치고 우리로 수용할 수밖에 없었다.

불타고 허물어져 버린 마을과 폭격과 피난으로 돌보지 못한 들녘은 잡초로 가득 채워졌고, 젊은이들이 죽어버린 대가족의 막막함을, 온전히 늙은이와 아녀자가 감당해야 하는 현실을 넋 놓고 있을 수만도 없어, 먹을 것을 찾아 할 수 있는 짓이면 무엇이든 할 수밖에 없어졌고, 또 그것을 숙명으로 받아들여 체념하고 하루하루를 견디어야 했다. 먹는 것이 사는 것이고 사는 것이 밥이 되어버린 세상에서, 먹을 것을 두고 벌어지는 다툼은 한 번도 들어보지 못했고, 생각도 해본 적이 없는 끔찍함을 모두 앞에 보여주었고, 그것은 어린아이들을 먹이고 살리기 위한 부모들의 절박함이었지만, 그것을 보는 아이들은 본 것이 되고 들은 것이 되고 말았다.

전란에 의한 수많은 가족과 이웃의 죽음은 가족과 마을의 일손 부족을 가져왔고, 그 결과는 농번기를 놓쳐서 또다시 식량부족을 가져오는 악순환으로 이어지고 있었다. 이러한 일손부족은 전후 복구를 위한 동원과 맞물리면서 더욱 어려움을 가져와, 밥이 하늘이 되어버린 세상을 더욱 궁핍하게 하고 있었다. 그러나 세상의 근본은 사람이라는 어른들의 가치는 더 많은 사람과 일손을 원했기에, 가족이 늘어나야 했고 마을 주민이 많아져야 하는 앞뒤가 맞지 않은 이중성에, 무엇이 옳음인가를 살펴야 하는 어려움에 부딪혔다.

밥이 하늘이 되어버린 세상에, 그 밥을 나누어야 하는 사람이 늘어나야 하는 세상의 이치는, 무엇이 옳음인지에 대한 혼란을 불러왔고 이러한 가치와 정서의 뒤섞임은, 사회질서와 도덕적 기준을 허물어버릴 지경에 이르렀다. 살아야 하는 생명이 우선인지 도덕과 사회 가치가 우선인지에 대한, 각자의 답을 선택하고 실현해야 하는 누구도 피할 수 없는 현실에, 우리는 나는 무엇을 선택했을까? 한번 생각해 보자.

그리고 우리의 부모들이 어떤 선택을 하고 어떻게 했을지와 그 결과가 그들의 자녀와 우리들에게 어떤 영향을 끼치고, 그것이 어떤 모양으로 현재의 우리와 함께하는지도 살피는 것이 좋을 것이다. 더구나 당시의 우리 부모들인 그들은 문맹률 70% 이상의 현실을 참고로 한다면, 어떻게 하는 것이 합리적이라고 생각하고 행동했을까? 그들을 탓하기 전에 우리에게 먼저 물어보고, 그들이 선택한 결과가 오늘 우리에게 미칠 영향에 대해 다시 한 번 생각하고, 성찰하는 아량을 가져보는 것도 우리를 보는 거울이 될 수 있을 것이다. 그들의 거울이 곧 우리들일 수도 있는 것이니까

배고픔과 전란영향

● ● ●

우리의 지나간 역사에는 식량부족으로 인한 많은 고통이, 민초들에게는 매년 한 번씩 맞는 행사 같은 것이 되어 누구도 해소할 수 없는, 자연의 고통이고 하늘의 섭리처럼 받아들여지고 있었던 것 같다. 그러함을 반영한 말들이 흔히 이야기하는 "보릿고개"와 "초근목피"일 것이다. 논농사는 물이 지어주는 농사였기에 저수지와 관계 수로가 없으면, 하늘에 의존하여야 하는 천수답은 하늘이 잘해주면 풍년을 생각할 수 있고, 그렇지 않으면 흉년의 불가피함이 늘 식량부족을 가져다주었다.

대부분이 소작농이었던 서민들은 지주에게 소작료를 내고 나면, 다음 해 여름 곡식이 나올 때까지 먹는 것이 부족해서 하지가 지나 봄 곡식인, 보리나 감자가 나오기까지 살아내는 것이 그들의 삶이자 고통이었다. 식량의 부족이 예상되면 초봄부터 산나물이나 풀뿌리 같은, 먹을 수 있는 것을 채취해서 식량에 보태어야 했고 그것도 부족하다

싶으면, 나무의 껍질을 벗기고 칡뿌리를 캐다 먹는 일들이 허다했다.

이렇게 보리가 익어 양식을 얻을 수 있을 때까지의 어려움을, 간신히 넘어가는 고개에 빗대어 보릿고개라 했고 그 보릿고개까지 견디기 위해, 풀뿌리와 나무껍질을 벗기어 먹고산 세월을 초근목피로 연명했다고 했다.

해방 후 남북이 갈라지면서 북한지역에 있는 발전소와 비료공장에서 생산되는, 비료공급이 차단되면서 농업수확량은 대폭 줄어들 수밖에 없었고, 비료공장을 남쪽에 짓고 싶어도 전기가 없어 지을 수 없으니, 식량부족은 피할 수 없는 실상이 되었다. 비료가 없으니 농업생산의 감소는 불 보듯 했고, 보릿고개라는 말처럼 하지가 지나야 봄 곡식에서 식량을 보충할 수 있는 계절적 시기인데, 하지를 막지나 전쟁이 터지면서 봄 농사는 수확도 못 하고 포화에 불타고 버려졌다. 또 가을 농사는 제대로 지어볼 엄두도 내지 못하고, 농사일을 해야 할 장정들은 전쟁터로 불러갔다. 그해 가을까지 낙동강 이남으로 피난해야 하는 상황과 살아야 하는 절박함이, 식량농사에 겨를 둘 형편이 되지 못하므로 배고픔은 어쩔 수 없는 숙명이 되었다. 그렇지 않아도 늘 보릿고개에는 초근목피로 연명했고, 열심히 농사를 지어도 하늘이 도와주지 않으면 먹고사는 것이 호랑이보다 무섭다고 했는데, 그러한 농사를 3년이나 제대로 하지를 못했으니, 먹고사는 것의 고통은 상상을 초월하고도 남았다.

이것이 '사람이 하늘'이어야 하는 '인내천'의 세상을 밥이 하늘로 바꾸어 놓으므로, 밥을 얻기 위해 할 수 있는 일은 모두 할 수밖에 없어지면서, 살아야 하는 생명본질은 동물적 본능의 극단을 보여주고, 스스로 또 그렇게 물들어 갈 수밖에 없었다.

배고픔의 극단은 삶이 생명이었기 때문에 살아있는 것이 곧, 삶의 목표가 되어버려서 나는 나의 가족은 살았는데, 우리는 우리의 옳음은 어떻게 되었을까? 어른들의 삶의 모습은 그대로 아이들의 따라 하기에 표본이 되었고, 그것은 돌이킬 수 없는 본능의 극치를 보여주므로, '우리'라는 인본의 극치에서 밥이 하늘이 되었고 우리의 숭고함이 전도되어, 서구인의 눈에 비친 '쓰레기통'으로 변해버린 것이 아닐까?

이 배고픔의 시기는 농업 진흥과 통일벼라는 품종이 공급되면서, 식량증산이 되기까지 10여 년 이상을 계속되었고 그 긴 시간을, 전쟁의 참혹함을 기억하고 전란의 배고픔을 지속하는 국민적 어려움의 시기가 되었다.

이 전란과 고통의 어려움 속에서도 우리 사회가 가야 하는, 피할 수 없는 순기능도 실현된 바 있었으니 그 또한 아이러니(irony)로 보인다. 그것은 그토록 원했던 평등이라는 가치의 강제적 실현이었다. 모든 젊은이가 군대에 가면서 양반, 하인, 지주, 소작인 차별 없이 모두가 같은 계급이었고, 전공을 세우면 상급자가 되어 신분의 전도가 일상화되었다. 물론 고난의 체력적 우월은 민초의 자녀들이 유리했기에, 지주댁 도련님 또는 양반댁 샌님은 넘을 수 없는 체력적 인내의 벽일 수 있었다.

　이러한 징병제의 정착은 거부할 수 없는 평등의 좋은 결과를 가져오기도 했다.

고통 속에서 새 생명을

● ● ●

　살아있는 사람이라면 죽이지 않으면 죽어야 하는 전쟁에서, 배고픔보다는 짐승으로 살아갈 수밖에 없는 나날의 고통에서, 겨우 벗어날 수 있는 계기가 마련되었다. 그것은 정전협정이라는 휴전으로 53년 여름 어느 날 갑자기, 모든 전선에서 총성이 멈추고 이제는 살았다는 함성이, 남과 북을 갈라던 모든 청년을 지옥에서 구출해 주었다.

　그들은 이념이 무엇인지도 몰랐고 이념에 관심도 없으면서 그 이념의 주체가 되어 3년을 싸웠다. 그 싸움의 과정에서 내가 죽인 그들의 동료와 그들이 죽인 내 전우의 원수가 되어, 눈앞에 보이는 것은 서로의 전우를 죽인 나의 원수로 남았다. 그리고 지옥 끝까지 찾아가 죽여야 하는, 그런 존재들로 뇌리에 새겨지고 가슴에 한으로 남아 지울 수 없는, 영원히 잊을 수 없는 피로 갚아야 하는 존재들이 되었다.

　그리고 그들은 집으로 돌아가 전쟁의 기억을 지우려고, 끝없이 일하고 또 일하고 다른 생각을 할 수 없도록 밤낮을 일로만 채우고 있었다. 아무리 힘들고 어려워도 사람을 죽이는 일과 그 죽어가는 자의 피로 물던 산야와 포화로 찢어진 전우의 참상을 기억하는 것보다 어려울까? 지나간 그들의 처절한 경험은, 일에 몰두하지 않으면 살아갈 수 없을 것 같았고, 그리고 그들의 자녀와 가족의 먹일 것을 위해 이웃을 돌아볼 엄두는 더욱 내지 못했다. 우선 그들이 살아야 했고 살아가는 것이 먼저였기에, 그들은 전쟁에서 생명이 곧 살아있음이고 살아있음이 곧 나라는 것을, 너무도 처절히 느꼈기에 배고파 죽는다는 것은 상상할 수 없는 또 다른 전쟁일 수 있었다.

그들은 전란으로 희생된 사람들의 그리고 가족들의 빈자리를 채우고, 마을을 유지하고 가문의 대를 잇고 또 떠난 이의 허전함을 잊으려고, 더 많은 가족을 더 많은 형제를 원했기에 새로운 세대가 그 빈자리를 채우기 시작했고, 그들이 베이비부머들이었다. 베이비부머 세대라고 하면 휴전으로 많은 장병이 귀향하고 일정 시간이 흐른 후, 전란으로 줄어든 만큼의 사람 수를 채우려는 것처럼 많은 자녀가 태어났고, 그들을 그렇게 부른 것은 그들 세대가 차지하는 비중이, 인구구조 전체에서 큰 비중을 차지하기 때문이기도 했다.

통상적인 인구 통계기준으로 보아 68~74년생 그룹(월남전 세대)보다는 적으나, 55~63년에 출생한 베이비부머 세대가 차지하는 인구규모는, 우리 현대사 산업화인력의 중요한 핵심축이 되었고, 그들은 가장 어려운 시대를 대표하는 세대이기도 하다. 해방 전 일제강점기 세대는 일제의 수탈로 식량 사정도 나빴지만, 보건위생의 열악함으로 태어나는 영유아의 상당수가 질병으로 성장할 수 없는 상황이었기에, 같은 출산율이라고 해도 실제 성인 구성비는 낮을 수밖에 없었다. 그러나 한국전쟁 후 미국으로부터 잉여농산물이 들어오고 선진보건 위생개념이 도입되면서, 같은 출산율이라고 하여도 성장하는 영·유아 비율이 높았기에, 세대별 어린이 비율로는 매우 높은 인구구조였음을 알 수 있다.

이들의 부모세대는 대부분이 문맹세대였기도 하지만, 전란 후 10년간 가구당 최소 3명 이상의 어린이가 성장하므로, 가족구조에서 차지하는 비중이 40~60%를 차지하게 되었다. 옛말에 '자기 논에 물들어가는 것을 보는 것과 아이들 입에 밥 들어가는 것'을 보는 것이 가장 기쁜 것이라 했던 말을 기억하면, 그들의 농업환경과 식량 사정이 얼마나 열악했는지를 알 수 있을 것으로 보인다.

그러한 자녀들의 밥 먹는 모습을 보기 위해 그들이 전쟁에 버금가는, 무엇이든 했을 것이고 그것이 아이들을 키우게 했을 것이다. 이것은 부모세대의 전란 경험에서 몰인정해질 수 있는 가능성도 알 수 있지만, 그것을 보고 자라는 아이들의 성장과정의 영향은, 그들 세대 삶의 모습을 다양화하는 다름의 가능성이기도 했을 것이다.

수반 효과와 몰두

•••

우리 현대사 전란의 시기는 수많은 죽음에 대한 피의 책임을 물어야 하는, 풀어내기 어려운 숙제를 빚으로 남겼지만 또 다른 변화도 불러왔다. 평상시 같으면 수십 년이 걸려야 할 갑오개혁으로 얻은 신분평등의 숙제를, 베이비부머 세대가 태어나기 전후로 상당 부분 진전을 이룬 것이다.

그 과제의 가장 중요한 외형적 신분의 평등은, 모든 청년이 전장에 참여했고 훈련을 마치면 똑같은 계급장을 달고 전선에 투입되므로, 반상의 차별이나 빈부의 격차나 학식의 고하를 막론하고 모두 같은 계급으로 시작해서, 전공을 세우거나 전투경험이 많으면 높은 계급이 되는, 종전에는 있을 수 없는 현상이 일반화되어 버렸다.

그리고 전란 직후 총선에서 올바른 주권행사를 위해, 모든 성인의 문자해득력을 높여서 정보의 소통력을 보편화하려는 시도가, 정부에 의해서 강력히 추진되었다.

그것은 53년 말과 54년 농한기를 통해 40~90일간의 한글교육을 집중적으로 시행한 문맹퇴치 운동이었다. 그것은 12세 이상의 성인을 대상으로 초등학교 2학년 수준 이상의 글자를 읽을 수 있도록, 전국 모든 지역을 행정력을 동원해서 집중적으로 시행하므로, 문맹률 70% 이상의 까막눈을 30% 전후로 낮추는 실적을 거두었다는 것이다. 이것은 대부분의 성인이 문자를 읽고 그 뜻을 이해하도록 하는, 지식정보나 상식의 보편화를 가져올 수 있게 하였기 때문이다.

그리고 1950년부터 도입된 의무교육으로 12세 미만의 학령아동은 모두 교육을 시키므로, 미취학 아동을 제외한 청소년들과 성인들이 문자의 해독이 보편화될 수 있었다. 그것은 무식해서 신분적 차별을 면할 수 없었던 것을, 노력만 하면 유식함을 얻을 수 있는 다리가 놓였다는 것이 된다. 이것은 신분의 평등으로 가는 가장 중요한 시발점이 되어, 전 국민 징병제와 맞물려 모든 국민이 평등해질 수 있는 커다란 바탕을 마련할 수 있었다. 하고자 하는 의욕만 있다면 누구나 중·상급 교육수준의 책자에 접근할 수 있고, 상급학교로 진학할 수 있는 사다리가 마련되므로, 전후 복구와 산업화에 획기적인 계기를 제공했다고 볼 수 있다.

이러한 가능성은 하면 된다는 용기를 가질 수 있게 했고, 전쟁에서 삶의 본질을 체득한 젊은이들의 진취적 사고에 변화를 유도했음은 물론이고, 각종 산업 관련 서적을 보고 잘살아보자는 의욕에 넘칠 수 있도록 모두를 이끌어내었다. 이러한 용기와 자극은 막막한 삶에 빛이 되었고, 열심히 일하면 그 대가로 식량을 확보할 수 있었기에, 가족과 자녀의 미래를 위해 더욱 열심히 일하고 저축도 할 수 있다는, 자긍심을 심어주기에 충분했을 것이다.

그들은 곧 살아있으면 배우고 일을 하면서도 배웠고 일을 하면 밥이 생겼다. 그것으로 가족을 부양할 수 있었고, 그리고 그 밥은 다시 생명을 낳고 키웠으며 그 생명은 다시 일을 했다. 베이비부머의 다출산 자녀들이 모두 배우고 일하면서, 밥이 생겼고 배고픔을 면할 수 있었다. 그것에 힘입어 능력 있는 자녀를 상급학교에 보낼 수 있는 토대가 마련되므로, 진정한 의미의 평등으로 갈 수 있는 길이 열리었다.

그리고 그들은 무엇이 옳음인가보다는 무조건 열심히 일해서, 자녀들을 그리고 동생들을 교육시키고 잘살아보려고 오직 일에만 몰두할 수 있었다. 그들은 곁을 돌아보지도 않고 오직 시간이 있으면 일하고, 잘 살기 위함이라면 '모로 가도 서울'이라는 속담을 실현하고 있었다. 그리고 자녀의 앞길만을 생각했고, 그 외의 것은 망각의 기능을 작동시켜 눈 딱 감고 앞으로만 가고 있었기에, 우리라는 말에 포함되어 있는 '옳음과 하나'라는 가치는 잠시 접어두고, 오직 잘살아보자고 일하고 또 일할 수밖에 없는 현실이, 인문이라는 사회적 가치를 잠시 잊게 했다.

2. 후진탈피의 몸부림

후진개도의 비애

● ● ●

전란이 끝나고 살아남은 이들이 열심히 앞만 보고 일만 했을 것은
물론, 그들 자신이 살아야 하는 본능과 자녀들과 동생들을 교육시켜야
하는 절박함이 함께했을 것이다. 그것은 후진의 사회 인프라(infra)를
어떻게 개선하여, 개발도상국으로 변화할 수 있느냐의 과정에서, 누구
나 겪을 수밖에 없는 절차적 현실이기 때문이었다.

모든 국가가 산업화를 이루어 선진으로 가는 과정은, 발전으로 가
는 인프라가 전연 없느냐 아니면 일부 준비되어 있느냐의 차이로 볼
수 있을 것이다. 일차산업 위주인 농경사회에서 이차산업인 산업화로
가려면, 필요한 자본과 산업개발에 필요한 기술 인력은 필수의 요소
일 것이고, 자본과 인력을 결합하여 바람직한 진전을 이루려면 그에
합당한 지도자가 있어야 하는 것은 필수의 요소일 수 있다. 이렇게 자

본과 필수인력 및 리더십이 얼마나 준비되어 있느냐로, 후진과 개발도상으로 구분할 수 있을 것이다. 물론 어느 사회나 국가에는 지도자가 있었을 것이고, 이들을 뒷받침할 수 있는 고급인력이 일부는 있을 것이다. 그러니까 국가나 사회집단으로 형성되어 유지되고 있는 것으로 볼 수 있다.

그렇다면 최소의 기준에서 고려하면 자본의 존재가 사회발전에 필요한 기초 자산일 수 있을 것이다. 일반적으로 후진 개도국에서 가장 먼저 부딪치는 문제가, 민족자본이 있느냐 또는 국가자산이 얼마나 되느냐가 가장 중요할 수 있다. 물론 바람직한 상태는 상당한 규모의 고급인력이 있어야 하고, 지도자의 리더십이 존경받을 수 있는 것이 매우 유리한 인프라일 수 있다. 그러나 자본은 그 나라나 사회가 가지고 있는 고유한 자원이 있으면 자원의 개발을 담보로 하여 상당한 외자를 유치할 수 있고, 전 국력을 집중하여 자원을 개발 수출하여 자본을 만들 수 있을 것이다. 그러나 고유자원이 없는 경우는 어떻게 할 것인가, 후진국의 가장 어려운 숙제일 수밖에 없다. 우선 최소한의 자본을 조달하여 필요한 산업에 투자하고, 그 산업에 필요한 인력을 교육하고 수급하여야 하는 과정을 합리적으로, 관리 기획해야 하는 지도력의 역할이 매우 중요할 수 있다.

그러면 결국 지도자의 리더십에 의해 자본조달 방법과 인력 양성 과정의 수립 및 보유 인재의 합리적 활용이라는 난제를 함께 해결할 수 있으면 가장 좋을 수 있다. 그러한 사례는 후진개발도상의 나라들에서 참고할 수 있는 사례는 상당히 있을 것이고, 없다면 기존 선진국들이 산업화를 지나 선진화로 가는 과정을 고려하면, 바람직한 모델을 찾을 수 있을 것이다. 이것은 지도자와 그를 지원하는 고급인재들의 역량일 것이고, 다만 자본이라는 문제에서 자원이 없으면 인력도 자원으로 활용할 수 있어야 할 것이다. 자원이 없어 외국에서 자본의 조달이 불가능하다면, 인력자원을 활용하는 방법밖에는 자본조달 방법이 없기 때문이다. 그렇다면 인력을 자원화하려면 최소한의 교육이 필요하고, 교육된 인력의 많고 적음이 자본조달의 중요한 변수일 수 있다.

대부분의 국가가 의무교육을 도입했다면 최소한의 문자 해득력이 생겼을 수 있고, 이들을 어떻게 중·상급교육을 시키면서 인력자원으로 이용하고, 그것이 자본으로 변환 가능할 것인가는 지도자의 능력과 민족성, 그리고 교육인프라의 활용에 대한 국민적 이해와 동의일 수 있다. 온 국민이 상당한 교육열이 있느냐 없느냐와 교육을 담당하는 교사들의 열정 같은 것이 교육인프라의 열악성을 상당히 감쇄시킬 수 있느냐 등은, 그 사회가 가지고 있는 고유의 정체성과 관계될 수 있을 것이다.

그리고 이러한 것을 잘 이끌어 낼 수 있는 리더십이 그 시대 그 사회의 기회적 매력일 수 있다. 그것은 없는 것에서 있는 것으로 할 수 있는 용기와 지혜이기 때문이다.

자본의 형성과 희생

● ● ●

산업화를 위한 자본형성 과정은 자원이 있는 경우가 가장 좋을 수 있는 상황이고, 이것은 국가적으로 보았을 때 축복과 같은 것일 수 있다. 우선 호주와 같은 많은 광물자원이 있어 개발 수출할 수 있는 상황은, 상당한 국가적 자산이라 할 수 있고 가장 보편적이고 매력적인 자원은 석유라는 에너지 자원일 수 있다. 그러나 에너지 자원의 대표적인 석유의 경우 중동의 많은 산유국과 남미의 베네수엘라(Venezuela)를 들 수 있으나, 그들 국가도 지도력의 다름으로 곡절을 겪는 것으로 볼 수 있다. 이라크와 이란은 충분한 재원으로 산업화는 진전되었으나, 핵물질의 생산과 관리문제로 국제적 제재를 받는 것도 지도력과 무관하다고 볼 수는 없을 것이다. 이러한 경우는 아프리카의 리비아도 비슷한 유형이지만, 국제질서의 적응과정에서 리더십의 문제와 관련될 수 있고, 베네수엘라의 경우는 막대한 자원을 두고도 국가부도 상태와 내전에 준하는 혼란은, 지도력의 역할이 얼마나 중요한지도 잘 보여주고 있다고 본다.

이렇게 국내자원이 풍부한 경우도 있겠으나 그렇지 못한 경우, 약간의 국가자원을 개발하여서는 산업화 자본에 역부족이 있을 경우에는, 결국 소속국민의 인력자원밖에 기대할 수 없을 것이다. 국가적 인력자원이 일정한 교육을 받았고 그들 인력이 풍부한 상태인데, 국내 산업의 부진으로 취업할 수 없는 경우는 이들의 국외 집단 송출을 국가 리더십의 입장에서 고려해 볼 수 있을 것이다. 그것은 상당한 규모의 차관을 도입할 수 있는 나라에서 중하급 인력자원이 부족한 경우와 연계하여, 적당한 규모의 인력을 상대국가에 취업시키고 그에 상당하는 외자를 도입하는 방법을 검토할 수 있기 때문이다. 이것은 국가재원의 부족으로 차입을 하는 경우 상대국에 대한 지불보증 성격일수도 있다.

그것은 국내에서는 일자리를 제공할 수 없어 유휴노동력으로 있었다면, 이것은 매우 합리적인 방법으로 고려되어야 하는 정책일 수 있을 것이다. 그것은 국내에서의 여유인력을 해외에 취업시키므로 기본적인 생계문제가 해결되고, 그들이 벌어들이는 외화의 일부를 축적할 수 있는 장점도 있는 반면, 그들을 지급보증 형식으로 상당한 차관이 가능하면, 국가적 산업자본의 조달에도 효과가 있어 좋은 대책일 수 있다는 것이다. 그러나 이것은 상당한 규모의 바람직한 수준의 교육된 인력이 있는 경우의 사례이고, 그렇지 않을 경우는 국가 대 국가의 계약에 의한 인력공급은 불가능하고, 개별 국민의 해외 취업 정도의 수준이라면 그것으로, 자본형성에는 별 도움이 될 수 없을 것이다. 그렇다면 지도자 입장에서의 자본형성을 할 수 있는 방법은 없을 수 있다.

자원도 없고 중급인력자원도 없어서, 외국에서 취업할 수 있는 일자리 수준이 일반 막노동 수준밖에 없다면, 그들을 요구하는 국가도별로 없지만 대량취업도 불가능하기 때문에, 손쉬운 방법의 자본조달은 불가능하다고 볼 수 있다. 결국은 국내 생활필수품 공장이나 경공업 수준의 공장을 외국기업으로부터 유치하고, 그들 산업에 최소한의 교육된 인력을 취업시켜서 최소한의 인건비(저임)를 지급하고, 많은 양의 물자를 생산(장시간 근로)하고 그것을 팔아서 남는 이익금에서, 상당 부분을 축적하여 자본화하는 방법밖에는 없을 것이다. 이것은 일반적 산업자본을 필요로 하는 곳도 기업일 수 있기 때문에, 이들 기업으로 하여금 국가에서 필요한 산업을 육성하도록 하는, 국가와 기업이 합작하는 형식으로 국내자본을 형성하는 과정이다. 이러한 경우 취업자 숫자와 최저임금의 통제방법 그리고, 취업자의 단체행동방지와 대량생산을 위한 장시간 노동과 생산성 등의 문제가 발생할 수 있고, 여기에 대한 합리적인 적응이 필요할 것이다.

기능에서 기술로

● ● ●

여러 후진사회나 개발도상국에서 자본이 필요해지는 것은 산업화로 가기 위한 하나의 과정일 뿐이고, 산업화는 자본에 의해 가능해지는 경제행위의 일환으로 볼 수 있다. 현대사회는 산업화를 통한 선진화가 가장 합리적인 발전 모델이라고 생각하기 때문에 생긴 하나의 발전 과정일 수 있다. 그리고 이러한 생각은 자본이 주인이 되고 사람이 종속되는, 자본주의 속성에 함몰되어 버리는 착오도 범할 수 있어 인본주의가 사회의 바탕임을 잊어버리고 자본의 속성에 빠져들 수 있음도, 그 사회의 지도층이나 리더라면 충분히 고려해야 할 것이다.

그리고 산업화의 목적은 이익을 창출하는 것이고, 그것이 새로운 자본을 형성하고 그 이익이 또 새로운 자본이 되어, 사람이 주인이 되어야 하는 사회의 인본가치를 소홀히 하고, 이익을 위한 경제활동을 최고의 덕목으로 오인할 수 있는 모델을 제공할 수도 있다. 이러한 점을 고려하면 자본의 축적을 위한 인력자원의 개발과 활용에서, 인본적 가치와 자본적 가치에 대한 비중을 어떻게 조절하느냐가 지배층의 중요한 과제일 수밖에 없다. 자원도 없고 중상위의 교육된 인력도 부족하여, 자본형성을 위해 노동인력을 활용하는 방법을 선택하는 경우, 기업이 자본축적 업무를 대행해야 할 수 있다. 이러한 경우 지배층과 기업의 유착이 발생할 수 있어, 조성된 자본의 합리적 흐름이 왜곡되어 실제 노력한 대가로 지불되는 것이 아니고, 비합리적 방법으로 변환될 경우 또 다른 폐해를 불러올 수 있다.

그것은 일반적으로 기업에 의한 폐해로 노동환경개선에 소홀하고, 기본적 인권을 부정하는 근로 형태가 사회나 기업 전반에 만연할 경우, 자본은 축적되었으나 양극화가 심화되고 사회발전은 부진할 수 있는 사례를, 일부 후진 개도 과정에서 볼 수 있을 것이다. 이러한 과정을 지도층이나 지배층이 소홀히 할 경우, 상당한 경우 저임착취와 산업재해의 증가 및 극심한 노사갈등을 유발하여, 발전하는 것이 아니고 오히려 퇴행적 과정으로 갈 수도 있을 것이다.

이것은 사회 불안요소가 되고 이것을 진압하려고, 공권력이 투입되고 하는 과정이 모두를 위해 결정되고 조정되는 것이 아니고, 일부 기업이나 집권세력의 편익을 위해 공권력의 진압이 있을 경우, 사회혼란과 국가질서 붕괴를 가져오고 집권세력의 망명이나 교체를 가져올 수 있다. 이러한 사태는 우리의 초기 집권세력에서도 볼 수 있었고, 지성적 고려가 없는 일부 후진개도국에서도 상당한 사례가 발생하고 있다.

자본형성과정에서 바람직하지 않은 사례를 방지하려면, 가장 중요한 것은 지도자의 역량과 지배층의 지성적 판단과 고려일 것이다. 그리고 그것을 감시하고 방지할 수 있는 인프라는, 교육이라는 수단을 통해 사회 전반의 지적수준을 향상할 수밖에 없다. 물론 이러한 과정에서도 자본을 축적하려면, 단순노동에서 일부 기능적 수준으로 인력의 질을 높여서, 보다 많은 이익을 창출하고 대량생산으로 갈 수 있는 기계화를 달성할 수 있어야, 산업화의 최소기반을 만들 수 있을 것이다.

이러한 교육은 근로를 제공하면서, 즉 자본형성을 유효히 달성하면서 중·상급교육을 제공하고 수학하여야 하는 제도적 뒷받침이 필요하게 된다. 이러한 과정의 일환이 산업체 학교(급)나 야간학교 등의 교육시스템의 기반을 선행하여야, 단순노동에서 기계화 대량생산으로 가는 기능단계로 인력을 향상할 수 있다. 이렇게 초등교육은 의무교육으로 실현하고, 중급인력 교육은 야간학습으로 자본형성을 위한 노동과 노동품질 향상을 위한 교육이 함께할 때 한 단계 발전할 수 있고, 이러한 과정은 저임착취를 호도하는 데 이용될 수도 있을 것이다.

핵가족화와 교육

• • •

　국내 자원이 부족하여 하급인력을 자원화하여 자본형성을 도모하려면, 기업과 정부가 결탁할 수 있어지고 이것은 정경유착의 가장 우려되는 과정일 수 있어진다. 이것은 산업화의 완성이라는 정부의 목적 달성과 자본형성이라는 과정의 장기화가 연계되는 새로운 문제가 발생되기 때문이다. 최소한의 산업화를 위한 자본이 형성되려면 10여 년 또는 20년 이상의 기간이 필요할 수밖에 없고, 이 기간 동안 같은 목적으로 정부와 기업이 함께 가려면 정책을 추진하는 정부가 그 기간 동안 계속 집권할 때, 가능해질 수 있는 딜레마에 봉착하게 된다. 이러함으로 인해 정부는 장기집권을 꾀하게 되고, 기업은 장기집권을 지원할 수밖에 없는 먹이사슬 관계가 형성될 수 있기 때문이다. 이러한 사례는 개발도상국에 왕왕 나타나는 현상으로, 국민적 지성의 수준이 주권재민의 헌법질서를 지킬 수 있을 정도로 향상되었을 때, 국민권력으로 제어가 가능할 수 있는 사후적 문제도 발생할 수 있다.

　국민이 권력을 제어할 수 있으려면 고급인력, 즉 선진국 수준의 학부 배출인력이 있어야 국민주권이 제대로 작동할 수 있음을 고려하면, 대학진학률이 30~40% 정도에 이른 후 상당 기간이 지나야 가능하다. 선진정치와 선진문화가 그냥 가능한 것이 아니고, 그것을 운용할 수 있는 역량이 국민들에게서 가능할 때, 산업화를 지나 민주화 선진화로 갈 수 있어지는 것이다.

산업화로 가는 외형적 인프라만 있으면, 즉 상당한 자본과 공장 등의 산업인프라 그리고 교육기관 등 외적요소만 있으면 되는 것이 아니고, 그것을 운용할 수 있는 수준의 역량을 그 사회나 국민이 함양할 수 있는, 내적 인프라도 완성되어야 하는 절차와 시간이 필요할 것이다. 돈만 있으면 이루지는 것은 아닌 것이, 산업화에서 민주화로 그리고 선진화로 가는 과정이라는 것이다. 그것은 자본형성을 위해 근로자들이 저임을 감수하고도 살아갈 수밖에 없는 과정, 즉 빨리 쉬지 않고 열심히 일함으로써 연장 근로를 통해 상당 부분은 자본축적으로, 그리고 나머지는 생활비로 소비해야 되는 문제가 발생된다. 이러한 방법에서 기능 수준의 중급교육은 야간학교나 산업체학급으로 가능할 수 있으나, 기계화학공업 등 선진의 중화학 분야로 발전하려면 고급인력이 조달되지 않으면, 아무리 많은 사람이 장기간 저임에 시달리더라도 선진 산업화는 어려울 수 있다.

바람직한 산업화를 달성하여 선진산업구조로 변모하려면, 그것을 기획하고 관리하고 운용할 고급인력이 선진국 수준으로 있어야 가능할 수 있다. 그렇지 않고 초급 근로인력이나 중급 기능인력으로 그것이 가능했다면, 그 많은 국가가 발전과정에서 좌절하고 산업이 정체되지 않고, 대부분이 선진으로 갈 수 있었을 것이다.

그러나 선진산업구조는 그것을 운영하고 지도하고 관리할 수 있는 고급인력이 없으면, 외적 인프라가 있다 하더라도 결국은 주저앉고 말 것이기 때문이다. 그렇다면 고급인력을 양성할 수 있는 재원조달을 어떻게 할 것인가가 숙제로 부과될 수밖에 없다. 이것은 충분한 중급과정의 교육을 수료한 인력도 있어야 하지만 고급인력, 즉 학부과정이나 대학원과정을 이수할 수 있는 민족적 자산과 교육비가 당장 필요해진다.

그것은 우선 말과 글이 일체화되어 있어서 효율적이어야 될 수 있다는 것과, 가정에서 저임금으로 교육비 조달을 위해서는 가구원수를 줄이므로, 일부의 교육비를 마련할 수 있는 핵가족화가 뒷받침되어야 가능할 수 있기 때문이다.

만일 그 사회가 사용하는 말과 글이 다를 경우 이중의 교육시간과 교육비용이 필요할 수 있어, 필요한 시간에 필요한 인력을 공급할 수 없는 경우도 있을 수 있음을 참조해야 할 것이기 때문이다.

3. 선진답습과 교육효과

선진 자본주의 경주

● ● ●

이렇게 선진으로 가는 길에는 많은 인위적 선택과 시행에서, 여러 후유증이 생길 수도 있다는 것을 지난 많은 사례에서 고려되었다고 본다. 그리고 자본형성을 위해 저임근로자의 장시간 연장근로를 유도해서 얻어진 재원은 누구의 것이고, 그것은 어디로 갔는지 그리고 그것이 합리적으로 운용되고 있는지도 살펴야 할 것이다.

그것은 불특정다수의 근로자에 의해서 형성된 유형의 자산이라면 사회적 자산으로 환원되어서, 그것이 모두에게 도움이 될 수 있는 방식으로 활용되어야 선진사회로 가는 합리적인 방법일 것이다. 그러나 그것에 대한 혜택 등이 일부의 기업이나 집단 또는 지배층에 편중될 수 있다면, 선진 자본주의로 가기 위한 자본의 형성은 바람직하지 않은 결과를 가져왔다고 볼 수 있을 것이다. 그리고 이러한 문제가 자본주의의 양극화를 더욱 조장하고 지원하는 데 기여했다면, 사회적 합의에 의해 재편을 고려하는 것도 선진화의 과정에서 성찰할 필요가 있는 부분이 될 것이다.

이렇게 선진의 자본주의 제도를 표본으로 답습하면서, 빨리 그리고 쉬지 않고 열심히 일을 했고 많은 생산물을 제품화해서, 자유시장 원리에 의해 유통시켰을 것이다. 이러한 것은 서구답습이 물질의 풍요를 가져다주었다고 볼 수 있고, 물질의 넉넉함을 선물처럼 생각했을 수도 있으나 다른 문제도 수반되었을 것이다. 그것은 자본주의를 맹신하여 자본의 속성을 하늘처럼 신주단지화 할 수도 있을 것이고, '장시간 근로와 쉬지 않고'라는 새로운 경쟁 질서를, 모두에게 강요하는 부작용도 올 수 있기 때문이다. 자본주의 관점에서는 경쟁이 바람직한 덕목으로 지원 장려될 수도 있지만, 사회의 기본적 바탕질서인 인본이 저해되는 수준까지 경쟁이 심화되면, 자본과 인본의 충돌에서 어느 것을 먼저 고려해야 하는지를 선택하고, 판단해야 하는 과제도 남겼을 것이기 때문이다.

그리고 더 훌륭하고 더 많은 제품을 생산하기 위해 고급인력을 필요로 했고, 가족을 축소하는 인위적 방법에 의해 자녀의 고급교육을 시킬 재원을 조달해서, 자본속성에 맞는 경제 엘리트를 양성했다면 이것도 물질의 속성에 물들어가는 것은 아닐까? 인본의 본질이 훼손되어 사회적 문제로 비화할 수 있는 것은 아닌가 하고 한 번쯤 성찰이 필요할 것으로 보기 때문이다.

만일 공장에서 생산되는 생산성의 관점에서 교육을 보게 되고, 물질만능의 정서가 고학력을 양산하는 역할에 기여한 바 있다면, 경계할 필요가 있기 때문에 수반되는 부작용도 우려될 수 있을 것이다. 이렇게 산업의 발전을 위한 고급인력은, 산업현장의 필요에 의해 인문적 인력보다는 이공계의 경제성에 준거한 인력이 우선되고, 그들이 우대받을 수 있어지면 사회의 인본 적 가치는 점점 왜소해 질 수 있어, 장기적으로 어떤 부작용을 불러올 수도 있음을 살피자는 것이다.

사람을 줄여 풍요로움을 얻었다면 인문적 가치에 역행할 수 있고, 이것은 인본을 더욱 훼손할 수 있으므로 삶의 가치를 함몰할 수 있는 물질적 풍요가, 과연 옳음인가를 되짚어 보는 여유를 갖자는 것이다. 저임 장시간 근로와 특근에 익숙해 있으면 물질만능의 소비지향사회가 되고, 교육을 위한 많은 재원이 투입되고 나면 쉴 수 있는 시간적 여유도 없지만 즐길 수 있는 경제적 형편도 고갈될 수 있어, 선진사대와 무분별 맹신이 가져올 수 있는 영향도 경계하자는 것이다.

이러한 것이 전란의 후유증과 물질만능의 부작용이 겹칠 경우, 돌이킬 수 없는 사회적 문제로 유도될 수 있고, 이것에 대한 책임은 결국 모든 국민이 감당해야 하는 것도 우려일 것이다.

속도경쟁의 부작용

●●●

서구 자본주의 답습은 산업화로 가기 위한 절차적 수순에 의한 불가피함도 있었으나, 서민들이나 여성들에게는 사회적 심리적으로 상당한 기여도 하게 된다. 그것은 지금까지의 중화문명은 차별적일 수 있는 신분적 영향도 있었지만, 여성의 활동에 많은 제약이 있었던 것도 현실이기 때문이다.

서구적 교육과 서구적 문화가 유입되면서, 대륙의 억압적 사고와 정서적 질서가 서민과 여성의 활동성을 심각히 위축시킨 시간도 길었지만, 그러한 관행이 지속되고 있었음을 일깨워주는 계기가 된 것도 부정할 수 없는 현실이 되고 있었다. 서구적 교육을 받고 여성이 평등해지면서, 서구적 사고는 잘 살 수 있는 물질의 풍요도 주었지만, 과거 유교적 삼종지도라는 억압에서 풀려나 스스로 모든 것을 결정하고 행동할 수 있는, 자유와 희망을 얻었다는 것도 인구의 절반을 차지하는 성비로 보아 사회에 끼치는 영향은 매우 컸을 것이다.

이렇게 산업화를 위한 서구 선진사회의 답습은, 선진국들이 발전하는 과정에서 시행착오를 거치는 내용을 정리해서, 가장 합리적이고 바람직한 표준적 발전과정을 모델화해서 정립할 수 있을 것이다. 이렇게 정립된 표준모델을 이해하고 따라 할 수 있는 지식 정보가 교육으로 축적될 수 있다면, 그것을 토대로 빨리만 하면 선진 산업화로 가는 것은 가능할 수 있다. 선진국들이 산업화 과정에 시행착오를 거치므로,

100년 이상이 걸려서 달성할 수 있었던 산업화와 선진화도, 표준모델을 따라 빨리 쉬지 않고 부지런히만 하면, 1/3의 기간에도 따라잡을 수 있는 것이 산업화의 과정일 수 있다. 그것은 선진국들이 겪은 두세 번의 시행착오 기간을 단축할 수 있기 때문에, 빨리하고 쉬지 않고 지속적으로 열심히만 하면, 선진국들보다 빠른 기간에 표준모델 적 산업화 과정은 달성할 수 있어, 한편으로는 자부심도 생겼고 그것을 바탕으로 더 열심히 일했을 수도 있었다.

그러나 이러한 표준모델의 코스는 선진기술을 이해할 수 있는, 지식 수준의 교육만 가능하면 무리 없이 추적할 수 있었으나, 자본형성과 교육 등의 추적속도가 너무 빨라지면 제어할 수 없는 상황으로 갈 수도 있을 것이다. 그것은 빨리 쉬지 않고 열심히만 하다 보면 산업의 생산성도 그러하지만, 교육의 양적 확대도 생산성에 휩쓸릴 수 있어 새로운 부작용이 생길 수 있기 때문이다. 산업화의 물질생산으로 대표되는 선진문명을, 빨리 쉬지 않고 지속적으로 부지런히 따라만 한다는 것은, 사람의 기계화를 유인하는 효과도 생길 수 있는 것이다. 그것은 생산성에 몰입하여 빨리 선진화 하고 싶은 욕심에 매몰되면, 실행과정에서 생기는 문제점을 볼 수 있는 시간도 없고, 그러한 것을 생각할 여유도 없어서 문제가 있을 것이란 것도, '빨리'와 '속도'에 침몰되어 고려할 수 없는 상황으로 갈 수 있기 때문이다.

이것은 사람들의 활동으로 실현되는 산업적 생산물이지만, 기계가 아니면 할 수 없을 정도로 '빨리'와 '쉬지 않고', 그리고 '열심히'에 너무 지나쳐서, 이러한 세 가지 넘침이 통합적 과속으로 발전되면, 제어할 수 없는 상태로 진전되는 것을 느낄 겨를이 없을 수 있는 것이다. 이러한 과속은 시간적·기간적·내용적 과몰입을 가져와, 판단력이 없어질 수 있는 상태인 사람의 기계적 부품화로 유도할 수 있고, 이것을 '산업화 속도경쟁의 3과'라 할 수 있는 것이다. 이런 것은 앞만 보고 열심히 뛰어가는 물체적 관성에 의해 방향전환의 시간을 놓치면, 탈선과 충돌의 위험을 야기할 수 있음과 같은 의미일 수 있다.

문퇴세대와 지식세대

● ● ●

전란 후 앞만 보고 일만 한 세대가 산업화의 기초를 놓은 세대로 볼 수 있다. 그들은 전란 당시는 젊은 성인들이었고, 그들은 전후 베이비부머 세대의 부모였을 수 있다. 그리고 그들은 전쟁의 참혹함과 그 기억의 트라우마를 잊으려고 일만 열심히 할 수밖에 없었다. 그들은 서구적 교육을 받지도 못했을 30년대 세대가 중심을 이루고 있었기에, 그들은 전란 후 문맹퇴치 교육의 중심세대가 되기도 했기 때문이다. 그리고 그들이 쉬지 않고 일하면서 산업화는 시작될 수 있었지만 저임금이 무슨 개념인지 최소 생계비가 어떤 것인지도 관심이 없었고, 일해서 먹을 것이 생기고 그것으로 가족을 먹일 수 있으면 더 이상 바랄 것이 없는 그런 세대였을 수 있다.

그리고 그들은 최소생계비, 즉 저임금에서 자녀들의 교육을 위해 열심히 일했지만, 고급교육을 시킬 수 있는 재원으로는 부족했고, 자신들의 신분적 고통에서 벗어날 수 있는 자녀들의 상급학교 진학은, 꿈에서도 달성하고 싶은 소망이었을 수 있다. 그러함을 달성하기 위해 장시간 근로로는 부족했기에, 소비축소 방안으로 가족계획을 받아들였고 그 결과는, 가족을 줄여 지출을 억제하고 남은 재원으로 자녀의 고급교육을 실현할 수 있어졌다.

문맹퇴치 세대는 전란의 중심세대였으며, 전란의 기억에서 해방되려고 일만 한 세대였기에, 시대적 가치나 사회적 가치에는 무엇이 옳음인지를 구분하기에는 어려움이 있는 세대였다. 그래서 그들은 힘을 가진 사람들과 많이 배운 사람들을 흠모하거나 존경했을 수 있는, 그리고 삶의 가치판단을 힘과 지식을 가진 사람들에게 의존하는 연맥적 사고에 익숙할 수 있는 그런 세대일 수밖에 없었다. 일하고 집에 오면 체력회복을 위해 수면을 할 수밖에 없는 그런 삶을 지속한 세대여서, 사회적 가치 판단은 오히려 사치스러운 영역으로 치부했을 세대였다고 볼 수 있을 것이다.

전란의 복구와 산업화를 위한 경제개발 계획이라는 것을 정부가 시행하면서, 산업자본을 축적하기 위해 인구감소를 추진하는 가족계획을 정부 주도로 홍보하고 지원하므로, 대부분의 가장이 저임금에서 살아남기 위한 방법으로 가족 수를 줄이는 시책을 받아들였다. 이러한 흐름은 핵가족화를 가져와 전통적 대가족제도는 유물로 되었고, 대가족이 가지고 있던 우리의 전통적 문화도, 그리고 유교적 가치도 사회변화와 함께 조금씩 지워져 가고 있었다. 최소 생계비에 시달렸던 산업화 세대는, 핵가족화를 통해 고급교육을 시킬 수 있는 재원을 마련할 수 있었고, 많은 가정에서 줄어든 생계비로 고등교육을 시키므로, 대학진학률이 꾸준히 상승하여 80년대에는 선진국 수준인, 30%대 중반의 진학률을 보이므로 새로운 지식세대의 출현을 앞두고 있었다.

베이비부머 세대에 준하는 60년대생들이 대학에 가는 80년대에는, 평균 세 명 중에 한 명 이상이 대학을 졸업할 수 있는 교육의 선진화도 진전되었으며, 이것은 실질적 선진화를 견인할 수 있는 미래세대가 현실화된 것으로 볼 수 있는 것이다. 이로써 선진사회에 준하는 지식사회 또는 가치구조 사회로 변화할 수 있는 바탕이 마련되었고, 선진사회로 가는 지식평준화 사회로 진입했다는 것을 깨우치게 하는 계기로도 작용했다.

이것은 문퇴세대의 연맥구조 사회가 산업화에 의한 이익우선 사회로 전이되었고, 교육에 의한 공정과 공평 그리고 합리의 사회로 갈 수 있는 길이 열리었다는 것이 된다. 그리고 후진개발도상 사회에서 선진사회로 갈 수 있는 기반도 조성했다고 볼 수 있어, 모든 사회적 가치에서 합리성을 요구하게 되고 선진사회로 변이하는 과정에서, 서로 다른 가치들이 뒤섞어 충돌로 갈 수 있는 가능성이 생겼다고 볼 수 있다.

전통인문의 폐기로!

● ● ●

우리 현대사는 서구 선진문화를 받아들여 산업화를 답습했고, 민주화도 실현하는 과정에서 경제력이 커지면서 국민소득도 높아지므로, 선진화로 가는 길에 들어선 것 같다. 이러한 것은 모든 것에서 서구적 흐름을 우선하고 산업화를 따라 함으로, 물질우선 가치로 편향되는 것 아닌가 하고 우려하는 사례도 있을 것이다. 그것은 나이 드신 분들의 입장에서 보면 지난날의 전통적 인문의 흐름을 무시하고, 무조건적 서구사대로 보일 수 있음도 충분히 고려해야 될 것으로 본다.

그중에서 가장 중요한 우려 부분은, 자본주의 행동철학과 경제학의 사회적 독점 사류로 볼 수 있을 것이다. 자본주의는 이익을 실현하는 과정으로서 산업화가 그 본질일 수 있고, 산업화는 이익의 관점에서 모든 것을 생각하는 기초적 가치가 될 수 있다. 이러한 산업화를 위해 서구적 교육을 도입하여 초등과정의 의무교육과, 중·고등교육 그리고 대학 교육까지 모든 배움의 과정이 서구화되어 버렸다. 의무교육과정이 실현되기 전에는 서원이나 서당 등에서 전통적 인문가치를 교육하였으나, 이러한 교육 제도를 무시하고 서구선진 교육제도가 도입되면서 한글로 교육하게 되므로, 한자적 교육제도는 기능을 상실할 수밖에 없었다.

그러한 변화는 전통 유교적 관점의 가치가 상실되어가는 과정이었고, 신분적 차별이 있었던 여성들의 입장에서는 서구적 교육이 환영할 수밖에 없는 평등과 희망의 가치가 되었다. 일반 서민들도 양반과 상인이라는 반상의 신분질서를 폐기하고, 평등이라는 가치는 사회적 역할을 확대하는 중요한 계기가 되었지만, 소위 '삼종지도'라는 여성들의 억압에서의 해방은 희열과 같은 기쁨일 수 있었다. 결혼하기 전에는 아버지를 따르고 결혼한 후에는 남편을 따르고, 지아비가 죽고 나면 아들을 따르라는 억압의 족쇄는, 인간적 모멸감으로 다가왔을 것이기 때문이다.

이러한 변화는 전통 유교적 가치의 배척이었고 서구의 현대교육이 강화되면서, 취업 등에서 인문적 과정보다 산업화에 기여할 수 있는 이공계 과정이 선호되므로, 인문학의 취약 화를 가져왔다고 볼 수 있다. 서구적 교육과 사회가치의 바탕은 가톨릭(catholic)적 종교관이 인문적 바탕을 이루었는데, 전통 유교적 가치는 배척하고 가톨릭의 서구적 가치를 받아들이기에는, 정서적 차이로 쉽게 받아들여지지 않는 상태여서, 상당 기간 사회·인문적 가치의 공동화가 올 수 있는 문제를 야기했을 수 있다.

산업화의 대량생산과 생산성 경쟁의 자본주의적 사고는, '우리 함께'라는 전통적 고유성을 상당히 훼손할 수 있는 상태여서, 불교적 윤리관과 천도교적 가치 등도 함께 위축될 수밖에 없어서, 전통의 인문가치가 폐기될 수도 있다는 우려를 낳게 되었다.

이러한 사회적 흐름은 전통적 철학관 등을 케케묵은 쓸모없는 가치로 몰아붙여서, 인문가치의 왜곡으로 볼 수 있어지는 상황으로까지 내몰리었다. 산업화의 자본주의적 경쟁은 '우리'라는 가치와 '함께'라는 우리 고유의 인문적 가치에도 상충되는 것이어서 자본과 인본의 가치가 충돌하는 기본개념으로 작용할 수 있고, 경쟁의 심화는 '빨리'와 '혼자'를 강요하는 것으로 볼 수도 있어, 외로움으로 몰아가는 것은 아닌가 한다. 대가족 제도의 공동체가 핵가족화 되면서 사회성을 손상하는 과정으로 갈 수 있고, '경쟁'이라는 것과 '빨리'라는 것은 혼자 할 때 유리한 것이어서, 자본주의와 산업화가 개인주의를 부추기는 것은 아닌지, 한번 살펴볼 여유를 갖는 것도 좋을 것 같다는 생각이다. 유교적 전통인문의 폐기로 느껴지는 사회적 흐름을 대체할 수 있는, 새로운 인문적 가치가 빨리 우리 사회에 자리할 수 있기를 기대하게 된다.

4. 고급인력과 리더십

사람이 선진을 유도

• • •

개발도상국이나 후진국에서 선진문화를 받아들여 발전하기를 바라는 것은, 그들 선진문화의 풍요함도 있겠으나 그들의 품격 있는 사회가, 더 관심 있는 미래 생활상으로 생각되었을 수 있다. 어떤 사회가 품격을 논할 수준이 되고 그것이 다른 이의 관심사가 될 수 있다는 것은, 그들의 삶의 질도 중요하지만 사회적 가치를 어떻게 형성하고 운용되는지가, 더욱 호기심 있는 영역일 수 있다. 이렇게 선진국 바라기가 되어버리면 그들은 어떤 과정을 통해, 어떻게 그러한 과정까지 갈 수 있었는지가 관심의 대상이 될 수밖에 없다.

그렇다면 '우리가 말하는 선진국은 본디부터 그러했을까?'라는 의문이 생길 것이고, 그들이 지나온 과정을 살펴봐야 하는 필요가 생기게 된다. 서구선진의 여러 나라 중에 관심도가 높고 따라 하고 싶을 정도의 매력 있는 국가나 사회를 선별하고, 그들의 발전과정을 따라가 보는 것이 가장 좋은 따라 하기 모델이 될 수 있을 것이다.

이렇게 선별된 나라들이 후진 농경사회에서 산업화를 거쳐, 민주질서를 정착하고 문화적 선진화를 이루는 과정에서, 시행착오 부분을 정리하여 주의사항으로 선별하여 두고, 바람직하고 표본이 될 만한 과정만을 취합해서 정리하면 그것이 곧 따라 하기의 표준코스가 되는 모델이 될 것이다. 그러면 그러한 표준코스로 가는 절차와 과정의 순서를 알 수 있고, 그것을 가장 짧은 시간에 가장 빨리 달성할 수 있으면 필요한 욕구는 충족될 수 있을 것이다.

그러나 그러한 과정이 하루아침에 뚝딱 되지는 않았을 것이고, 그들도 그것을 하기 위해 준비한 여러 과정이 있고 그것을 사람들이 모두 실현함으로써, 선진문화가 가능했을 것임을 인정하여 쫓아가는 것이 된다. 그러한 과정에는 모든 것을 사람이 했을 것이기 때문에, 그 사람들이 무엇을 어떤 방법으로라는 '방법론'을 이해하고, 충분히 실천할 수 있는 능력을 갖추는 것이 먼저 준비할 과제가 된다.

그러한 과제를 풀어내려면 상당한 수준의 기술과 지식을 배우는 교육과 연수가 필요할 것이다. 그러면 교육과 사람들의 능력 향상이라는 기다림의 과정이 필요해지고, 그 기간 동안에 그것을 할 수 있게 하는 자본이라는 것을 만들어두는 지혜가 필요해진다. 이것은 의무교육을 도입하고 약간의 인재를 고급인력으로 양성해서 되는 것이 아니고, 선진국 수준의 고급인력이 확보될 때, 그러한 선진 산업과 사회체제를 운용할 수 있어지는 것을 깨달아야 할 것이다.

서구선진국들의 일반적인 대학진학률이 30~40%대를 유지하면서, 산업을 발전시킨 것으로 모델화되면 그만한 고급인력을 배출해야 가능할 수 있을 것이다. 우리도 한강의 기적이라고 하는 산업화를 이루는 과정이 80년대 후반에서 가능했던 것을 보면, 의무교육이 1950년에 도입되고 경제개발을 60년대 추진한 것에서 살피면, 최소한 25년 이상 통산 30년이라는 시간이 필요했다고 본다. 그것은 그러한 고급인력을 양성하기 위해, 그들 부모세대 한 세대가 그들을 교육시킬 수 있는 재원을 저축했다는 것이 되고, 그 한 세대라는 기간 동안 선진산업을 육성할 시설투자 자본을 차곡차곡 쌓아두었다는 것이 될 수 있다.

이것은 한 세대의 처절한 희생 위에 이루어진 바탕이라는 것을 깨달아야 하고, 고급인력을 한 세대 동안 교육해서 목적하는 수준을 달성할 수 있는, 사회문화적 기반이 되어 있어야 가능할 수 있다는 것이다. 전후 독립국 중 유일하게 한국만 산업화를 이루고 민주화를 80년대에 달성할 수 있었다는 것은, 다른 나라와 다른 어떤 것이 우리에게 있었다는 것이 된다. 그것이 무엇일까?

고급인력과 신분전환

●●●

　자본주의적 산업화를 이룬 나라는 대부분이, 식민 제국주의의 틀을 가지고 수많은 식민지에서 경제적 수탈과 착취를 하면서, 산업화에 필요한 자본으로 축적했다고 볼 수 있다. 이것은 자본의 속성이 식민수탈을 바탕으로 해서 등장한 자본에 의한, 경제적 발전이었다는 것을 뒷받침한다고 볼 수 있을 것이다. 그래서 자본주의적 산업화를 이룬 나라들이 선진화를 이끌었다고 볼 수 있고, 자본을 바탕으로 한 경제개념과 인본을 바탕으로 하는 경제운용 개념은 서로의 바탕이 다를 수밖에 없다.

　이렇게 식민자본의 수탈과 착취의 대상이었던 많은 국가가 2차 대전 후 민족자결이라는 가치에 의해 독립을 맞았고, 그들은 대부분 자본을 형성할 국가적 자산이 있을 수 없었다. 그러한 식민 국가 중에서 한국만 산업화를 이루었다는 것은, 사회문화적으로 다른 나라들과 다름이 있었기에 가능했을 것이다. 우리의 바탕이 같은 시기에 독립한 여러 나라들에 비해 다른 점은 국가적 자원이 없다는 것과 민족 고유의 정서가 담긴 언어를 그대로 표현할 수 있는 문자가 있다는 것 외에는 특별함이 없는 것 같다. 국가적 자원이 없다는 것은 산업화에 필요한 자본형성에 불리하다는 것이고, 사용하는 문자는 중화의 문자인 한자를 기본적으로 사용했고, 식민 기간 동안은 일본의 글자를 공식적으로 사용하므로, 우리의 문자는 불필요한 문자가 될 수도 있었다.

그러나 우리는 한글이라는 우리 고유문자를 지켜내므로 독립 후 한글전용 정책을 바탕으로, 우리글로 교육할 수 있는 문화적 뿌리가 있다는 점이 다른 것이 된다. 어떤 국가나 민족도 그들의 언어는 있을 수밖에 없고, 그들의 말을 섬세하게 있는 그대로 표현할 수 있는 문자가 있는 나라는, 고대문명 발상지와 선진문화를 발전시킨 국가 외에는 찾아보기 어려울 것이다. 이것은 그들만의 고유문자가 있다고 해도, 그것을 일상에 사용하는 데 불편함이 있었기에, 지배국가의 문자로 대체되었을 수 있다. 그렇다면 그들 국가나 민족은 사용하는 언어와 문자가 다르다는 것이 되고, 지식이나 기술정보를 기록하여 교육하기 위해서 새로운 글자를 배우고, 그것을 읽을 수 있는 언어를 다시 배워야 하는 이중의 부담이 될 수 있을 것이다.

그러나 우리의 경우는 한자가 있었고 일본어와 문자가 공식적으로 사용되고 있었는데도 우리글이 온전히 유지되고 있었다는 것은 사회문화적 바탕이 다름을 보여주는 것이 될 수 있다. 이것은 교육의 효율과 기간을 반으로 단축할 수 있는, 핵심 문화적 정체성의 다름으로 볼 수 있고, 이러한 것은 의무교육 기간 동안 매우 효과적으로 지식정보가 전달되어, 민족정서와 융합할 수 있는 기술적 소통체계가 형성되었다는 것이 된다.

이러한 장점 때문에 해방 당시 1% 미만이었던 대학진학률이, 70년대 20%대로 그리고 80년대에는 30%대 중반으로 향상될 수 있는 바탕을 제공했다고 보는 것이다. 서구 선진정보를 우리글로 번역만 되어 있으면,

누구든지 배우고 가르칠 수 있는 효율적 시스템에 의해 고급인력으로 교육 배출되면, 그들은 지위와 신분이 보장될 수 있는 국가 엘리트로 성장될 수 있었다. 이러한 것은 신분적 차별을 벗어나고 싶었던 서민들의 소망과 맞물려, 자녀들의 신분과 지위가 예전 그들의 상전위상과 비견되거나 또는 더 높아지는 기쁨을, 부모들에게 안겨주어 부모세대들이 더 열심히 일해서 후대교육에 전력을 다하도록 유혹했을 것이다.

그것이 80년대 이후 우리의 대학진학률이 급격하게 증가하여, 2,000년대에는 80%를 초과하는 세계에서 유례가 없는 진학률을 보이게 된 것이다. 이것은 90년대 말에 IMF라는 위기에서도 변함없이 증가되는 것을 보면, 민족적 교육열과 우리글의 효과가 다름을 보여준 것으로 볼 수 있을 것이다.

사회발전의 원동력

● ● ●

사회발전을 위한 기본적 요소는 교육으로 볼 수 있다. 그것은 사회구성원의 역량을 강화함으로써, 그 사회가 수용할 수 있는 능력을 최대한 확보하자는 것이 된다. 그것은 산업화라는 과정을 지나 선진화로 가려면, 최소 기존 선진국 수준의 고급인력을 확보할 수 있을 때, 그러한 선진 운용체제를 무리 없이 가동할 수 있기 때문일 것이다. 이러한 교육을 해방 후 제헌정부에서 초등과정 의무교육과 한글전용을 법제화로 뒷받침하므로, 모든 교육은 한글을 바탕으로 교육이 이루어지는, 말과 글이 우리 고유성을 충분히 발휘할 수 있는 어문일체화로 자리 잡아가고 있었다.

그리고 서구적 교육제도의 도입은 서구 선진모델을 받아들였다는 것이 되고, 그것을 한글로 교육하므로 종전의 서당이나 서원에서의 교육 방법과 다른 평등을 이루게 되었다. 그러나 평등이라는 개념은 동학농민운동의 결과로 신분제도를 폐지하는 갑오개혁으로 공포되었으나, 사실상의 평등은 관행과 관습의 틀에서 머무르고 있었다고 볼 수 있다. 그러한 것이 6·25전란을 맞아 전 국민 동원체제가 모든 젊은이를 동일한 군사교육을 받으면, 같은 계급으로 전선에 투입하는 강제적인 남성들만의 평등이 이루어지고 있었다. 그러나 그것은 상명하복이라는 군율 때문에 억지로 실행된 신분의 평등일 수 있었다.

그러나 전후 산업화의 과정에서 고급인력이 필요해지고 의무교육 때부터, 남녀 공히 평등한 교육이 시행되면서 실천적 평등으로 갈 수 있는 길을 열었다. 그중에 뛰어난 학동들이 대학에 진학하면서 실제적 학업능력에 따라 졸업 후, 사회와 직장에 높은 지위의 신분으로 배치 부임하게 되어, 능력에 의한 지위가 정립하게 되고 출생의 신분이 아닌 사회적 능력으로 국가의 기여도에 따라, 존경을 받을 수 있는 제도적 바탕이 확립되므로 진정한 의미의 신분폐지와 평등을 이루게 되었다.

이것은 민초의 희망이었고 꿈같은 현실의 성취였기에, 자녀들의 고급교육을 더욱 선호하는 사회풍조가 정착되어 가고 있었다. 이렇게 많은 고급인력이 배출되어 사회 전반에 엘리트그룹이 형성되면서, 고급 전문교육은 강화되었고 이러한 고급인력이 없으면, 산업화에서 민주화와 선진화는 요원할 수 있는 시간적 소양적 과정을, 한글이 지원하고 격려할 수 있는 바탕으로 제공되었다 할 수 있다.

이렇게 사회구성원의 능력이 향상되는 것이 발전의 에너지원이 될 수 있는 것은 당연한 결과이지만, 이러한 결과는 교육비를 투입하는 재원에 대한 성과적 가치일 수 있어 그것은 당연함이라 할 수 있다. 그것은 투입한 만큼의 성과라고도 볼 수 있는 것이기 때문에, 자본주의적 이론에서는 특별함이 없는 일반적 개념의 성과로 볼 수 있다. 그렇다면 이러한 사회발전의 기본적 에너지는 무엇이라고 볼 수 있는가? 그 원동력의 바탕은 무엇이 제공하는지를 살펴야 할 것이다.

사회의 기본적 형성요소로는 구성원의 보호기능에서 시작될 것이다. 그래야 사람들이 모여들고 사회라는 집단을 유인할 수 있는 효과이기 때문이다. 그리고 모여든 사람들을 보호하려면, 필요한 비용을 서로에 의해서 충당할 수 있어지는, 협력이 수반되어야 사회가 유지될 수 있을 것이다.

사회의 형성요소를 보호와 협력이라고 하면, 사회는 발전하여야 보호에 필요한 재원을 조달할 수 있을 것이다. 이렇게 사회가 발전하려면 기본적 요소로 각 구성원의 장점을 서로에게 나누어 주므로, 서로의 단점을 보완할 수 있는 상호적 상승작용에 의한 집단적 능력 향상을 발전요소로 볼 수 있을 것이다. 이것은 여럿의 능력을 복합하여 발전시키거나, 융합하여 새로운 능력으로 진전될 수 있으면, 가장 좋은 사회집단의 발전을 이끄는 에너지가 될 것이다.

리더십의 역할

• • •

사람들이 사회를 구성하고 살아가는 것에는 그만한 좋은 점이 있기 때문이라고 볼 수 있다. 여러 사람이 모이면 한두 사람이 오랜 시간 동안 해결할 수 없었던 문제도, 쉽게 해결할 수 있는 창조적 생각을 찾아낼 수 있었다. 이러한 사례에서 서로가 각자에 도움이 될 수 있다는 생각으로 사회가 시작됐다고 볼 수 있을 것이다.

이렇게 여러 사람이 모여서 토론하고 의견을 교환하는 과정에서, 자기는 생각할 수 없었던 획기적인 영감을 얻을 수도 있고, 자신이 오랫동안 풀지 못했던 의문 같은 것도 쉽게 풀 수 있는, 각자의 부족했던 것을 각자의 손해가 없이 해결될 수 있는 것, 그것이 사회의 부가가치일 수 있다. 이러한 것은 나는 너무도 쉽게 생각하는 것을 어떤 이는 매우 어렵고, 풀 수 없는 난제로 생각하는 일들이 상당히 있을 수 있기 때문이다. 그러한 문제를 서로의 소통에 의해서 쉽게 해결할 수 있으면, 그러한 문제가 해결되면서 생기는 각자의 편익이 모여서, 구성원 모두의 가치를 높이는 역량의 향상으로 볼 수 있을 것이다. 이렇게 집단의 능력이 향상되었다는 것은, 각자의 특별한 손실이 없으면서도 전체에게는 이익이 되었다는 것과 같은 것이 될 수 있고, 그러한 이익을 활용하여 구성원 보호에 필요한 재원을 조달할 수 있어진다는 과정이, 사회를 구성하는 기본적 요소라고 볼 수 있다. 이것은 구성원을 보호하는 데 각자의 특별한 부담 없이, 개별 구성원의 부족한 점을 채워주는 역할을 하게 되어, 또 다른 문제에서 협력을 받을 수 있는 바탕이 마련되는 효과를 주기 때문에, 보호와 협력의 동시성을 가능하게 하는 것이 된다.

이러한 기능이 잘 작동하도록 도와주는 역할이, 리더가 해야 할 역할이라고 보아 이것을 리더십이라고 할 수 있다. 이러한 리더십은 어느 누구의 손실도 없이 다른 이를 도와줄 수 있는 보호역의 역할을 한 것이 되어, 도움이 되었다고 생각하는 사람으로부터 협력을 하는 것이 서로에게 도움이 된다는, 믿음을 주는 과정이기 때문이다.

이러한 것을 쉽게 설명하면, 서로의 장점을 조금씩 나누어 주므로 서로의 단점을 보완할 수 있어지고, 그러한 과정에서 구성원 전체의 능력이 향상될 수 있다는 것이 되고, 그렇게 하여 증대된 역량의 부가적 가치에서 일정 부분을 활용해, 보호에 필요한 재원을 충당할 수 있다는 전제이다.

이것은 리더가 구성원을 위해 지배를 하거나 지도를 한다는 역할이 아니고, 협력으로 창출된 가치를 확장할 수 있느냐는 능력의 문제와 창출된 가치를 소유와 분배의 흐름에서 합리적으로 통제함으로써, 공정하고 합리적이며 평등할 수 있도록 유도하고 솔선하는 것이, 리더십의 역할이라고 보는 것이다. 그렇다면 리더는 모든 업무과정에서 청렴하고 투명하게 실현하는 것이 중요한 덕목이지, 본능에 의해 편안하고 쉬운 과정을 통해 자신의 편익을 얻는 것이 아니라는 것을, 모두에게 보여준다는 것이 중요한 행위일 수 있다.

그렇다면 한강의 기적이라는 우리의 현대사에서 리더들의 역할은 어떠했는지를 살펴보는 것은 어떠할까? '헌정질서가 출범하고 상당 기간 동안의 리더들이 모두가 독재자라는 평가를 받았다면, 그들의 역할에 의해 한강의 기적을 이루었다고 볼 수 있을까?'라는 것이다. 6·10항쟁으로 민주헌정 질서가 정립되기까지, 집권연장을 위해 수차례 헌법을 개정해 가면서까지 지배한 결과가 독재자이면, 그들의 능력으로 우리 사회의 발전을 이루었다고 보기는 어려울 수 있다. 그러면 누가 오늘의 대한민국을 이루는 기반적 역할을 수행했을까? 말없이 일만 한 민초들의 노고와 그를 깨우쳐 역량을 높인 교육의 바탕에, 한글이 있는 것은 아닐까? 하고 살펴보는 아량을 가져보는 것은 어떨까 한다.

5. 땀과 눈물의 꽃

일중독의 산업화

● ● ●

우리는 근대사를 지나면서 선진국들이 어떤 모습의 생활상을 누리고 있었는지를 알 수 없었다. 그것은 몇몇 외교사절이나, 선진공부를 위해 그곳에서 살아보고 배운 유학생들을 통하는 것밖에는 없었고, 그리고 그들을 만날 수 있는 사람들도 일부일 뿐이어서, 서민들은 알 수 없는 영역이었다.

일제강점으로 접어들기 전에는 중국을 통하여 선진문물을 접할 수 있었으나, 중화의 힘이 서구 선진국들에 의해 무너지고 청일전쟁이라는 일본과의 대결에서도 패배함으로, 더 이상의 문화적 종주국의 자리는 무너지고 말았다. 그리고 일본은 강대국의 자리에 올라서기는 했으나 식민의 강점지배에서 그들을 존중 흠모하기에는, 민초들의 정서가 용납되지 않았기 때문에 따라 하고 싶은 대상이 될 수 없었다. 그리고 식민의 수탈에서 해방되고 5년 후 남북의 전쟁으로, 서구선진국들이 유엔이라는 이름으로 군대를 파견하므로, 서구 선진사회를 알아갈 수 있는 기회가 서민들, 특히 3년간 전쟁을 함께한 젊은이들에게 보이고 느껴지게 되었다.

그들의 생활상과 문물을 직접 옆에서 보고 궁금함을 말로 듣고 하면서, 서구 선진국들은 아득히 꿈같은 배우고 싶은 나라들이 되었을 수 있었다. 전후 극심한 빈곤과 혼란이 어느 정도 복원되면서 일상이 가능해졌고, 휴전으로 귀향한 젊은이들은 서구선진 유엔군들의 삶을 기억했고, 그들처럼 되고 싶은 충동으로 후진의 틀에서 벗어나려 했다. 그리하여 후대에는 그들처럼 잘살 수 있기를 희망했고, 그러기 위해서 할 수 있는 것이 무엇인지 생각하게 되었다.

그들 선진국처럼 되려면 후진의 생활상을 벗어나 그들이 했던 것처럼, 선진국들이 간 길을 따라갈 수밖에 없었다. 그렇게 하기 위해서는 그들의 제도였던 민주주의와 자본주의를 받아들여야 했고, 산업화를 위한 자본과 고급인력을 축적하고 양성하는 과정을, 어떻게 준비할 수 있느냐가 넘어야 할 과제가 되는 것은 당연함이었다.

그렇게 하려면 자본은 차입을 하던지 열심히 일해서 조금씩 쌓아갈 수밖에 없었고, 고급인력은 교육재원을 조달하고 그들이 고급전문교육을 수료할 수 있는 오랜 시간이 필요해서, 하루아침에 이룰 수는 없고 최소한 20년 이상의 기간이 걸려야 했다.

전란 때 10대 후반에서 20대였던 젊은이들이 귀향 후, 자녀들의 교육을 위한 재원조달과 산업화 자본을 위해 일하고 또 일하는 방법밖에는, 그들이 할 수 있는 것이 없었다. 그들은 그것을 목표로 그들의 청장년 세월을 보낼 수밖에 없는 그런 삶을 살 수밖에 없었고, 그것이 달성될 수 있는 것인지에 대한 확신도 없이 그냥 꿈을 좇아 앞으로 갈 수밖에 없었다. 그것은 그들의 하나뿐인 희망이었기에 때문에 피할 수 없는 도전이 되어 버렸다.

그래서 그들은 잠자는 시간을 제외하고는 일하고 또 일할 수밖에 다른 선택이 없었다. 그것은 정부와 기업이 산업화를 위한 자본축적을 위해 저임정책을 선호했고, 최소 생계비 충당을 위해서 장시간 근로가 불가피했기 때문도 있었다. 그들은 오직 후진 탈피라는 목표 하나로 밤낮없이 일만 했고, 그래도 자녀의 고급교육을 위한 재원이 부족해서 가족을 줄여 그 축소된 생계비만큼을 저축해서, 자녀들의 고등교육을 시켰고 그들이 대학을 졸업해서 필요한 고급인력을 충당할 수 있는 20년 이상을, 오직 쉴 수가 없는 일로만 세월을 보내야 했다. 이렇게 일만 하는 것으로는 부족해서 가족계획이라는 이름으로 핵가족화를 스스로 받아들였고, 그들을 위해 더 일하게 되면서 산업자본의 축적과 고급인력의 양성은 가능했는지 모르지만, 자신들의 삶은 어떠한 여유나 주변을 돌아볼 생각을 해 볼 수가 없었다.

오직 기계처럼 일만 했기에 그것이 어떤 결과를 가져올지는 생각해 볼 수 없었고, 일에 중독된 것처럼 일하고 또 일할 수밖에 없는, 어떻게 보면 인간성 상실로 갈 수 있는 상황으로 내몰리고 있었는지도 몰랐다. 합리적 판단이 무엇인지 삶에 대한 분별이 무엇인지 모르고, 오직 기계처럼 앞으로 돌진하고만 있었다.

땀의 헌정 88

• • •

그렇게 일만 한 결과가 70년대 후반에는 1인당 국민소득 1천 불 시대를 열었고, 수출도 백억 불 시대를 열면서 명실공히 후진을 탈피하고 개발도상국의 반열에 오를 수가 있었다. 60년대 경제개발 5개년계획이라는 2차 대전 후 신생독립국가들의 경제재건을 위한 프로젝트가, 우리나라에서도 추진되기 시작해서 개발도상의 가능성을 보이기 시작했고, 그것은 전란을 겪은 문맹퇴치세대(문퇴세대)에게서는 그들의 꿈이 실현될 수 있는 가능성의 신호가 되었다. 그것은 역사 이래의 가난을 벗고 자녀들의 삶을 개선할 수 있는 계기로 작용할 수 있다는 자신감을 얻게 되었다.

늘어난 소득과 가족축소로 절약한 돈으로 자녀들의 고급교육을 가능하게 했고, 자녀들이 자신들처럼 일중독에서 벗어나기를 희망했다. 그래서 다음 세대는 노동이란 힘든 삶을 살지 않기를 강요하는 자기부정 같은 혼란을, 스스로 불러오는 자기모순에 빠져들고 있었다. 그것은 그리 오래가지 않아서 기능인력 부족을 불러왔고, 대학을 졸업한 자녀들의 일자리가 부족해지는 취업전쟁을 예상하지는 못했다.

그들 세대 황금기 30~50대 30년을 쉬지 않고 일만 했기에, 일에 대한 원망과 기피 같은 것도 작용했을 수 있으나, 그것보다는 수천 년을 내려온 민초들의 신분차별을 벗어나고 싶은 본능적 욕망이 부추겼을 수 있었다. 지배층, 즉 양반이라는 신분은 책을 보고 공부만을 했고 과거제도라는 시험을 통과하면, 노동에서 면책되고 언제나 서민인 민초들의 위에서 시키고 놀기만 하는 것처럼 보였어도, 그들이 더 잘살았고 사람처럼 살았다. 평생을 일만 한 하인들은, 사람의 대접을 받지 못하고 살아온 기억과 흔적이 너무도 크고 깊었기에, 배우기 어려운 한자가 아닌 한글로 공부하여 모두가 대학을 갈 수 있는 사회에서, 그들의 신분적 차별을 벗어나기를 바랐다.

그러함의 열망 때문에 산업화에 필요한 자본도 축적했고, 고급인력도 선진국 수준으로 그들 세대 당대에 성취하므로, 그들에 의해 산업화의 달성을 가능하게 했다. 80년대에는 대학진학률이 30%대를 초과해서 선진국에 준하는 고급인력을 공급할 수 있었고, 그러한 결과가 86년 아시안게임을 성공적으로 치렀었고 88년에는 하계올림픽이라는, 영광스러운 행사도 훌륭한 성적(4위)으로 마칠 수 있었다.

한강의 기적이라고 불리는 산업화와 그것을 증명한 올림픽을 치른 성과에 힘입어, 개발도상국을 넘어 중진국으로 갈 수 있는 길을 열었고 조금만 더 노력하면, 선진국으로 갈 수 있다는 희망을 갖게 되었다. 이것은 30년대생들이 주축이 된 문퇴세대의 끝없는 열망과 그들의 땀으로 성취된 소망의 결과물이어서, 그들을 더욱 강하게 했고 그러한 자부심은 그들이 우리 역사에서 또는 세계사에서, 너무도 큰 성취를 이루었다는 자기도취 또는 만용에 이르게 하고 있었다.

선진국 중에서 산업화의 후발 주자였던 독일은 36년에 올림픽을 개최했고, 일본은 64년에 올림픽을 치른 사례와 비교하게 되면, 일본과는 불과 24년의 차이로 접근할 수 있었다는 결과가 큰 자극이 되었다. 일제 36년간의 핍박과 설움을 오래지 않아 벗어날 수 있다는 용기는, 그들과 그들 다음 세대를 끝없이 자극하는 동력원이 되어, 더욱 앞만 보고 돌진할 수 있도록 지원하고 격려할 수 있었다.

그들은 선진국의 부유함과 문화적 우월성을 가능하게 할 수 있다는 맹신이 생겼고, 그것은 '무조건 서구 사대로 갈 수 있는 것이 아닌가?' 하는 새로운 우려도 잉태하게 되었다. 그것은 30년 동안 '쉬지 않고 빨리' 그리고 '열심히'라는, 통상적 속도를 넘어서는 과속을 부추겨서 얻은 성과여서 그 3가지 과함에 의한, 즉 3과에 의한 관성을 제어할 수 없는 지경으로 가고 있는지도 모르고 있었다.

지식세대의 울분

●●●

우리 현대사에서 지식정보나 학문에 의한 지성적 차이에 의해, 사회적 가치나 세상을 보는 개념이 현격한 세대는, 문퇴세대라고 불릴 수 있는 50년대 문맹퇴치운동의 대상이 되었던 세대와, 그들의 다음 세대로 볼 수 있는 60년대 경제개발 5개년계획으로 조금씩 사회가 바뀌어가는 시대에 태어나서, 온전히 우리 교육제도권 내에서 자주적 교육을 받은 세대라고 볼 수 있을 것이다.

이들 두세대는 세상을 보는 가치의 현격한 차이도 있지만, 그들이 경험하고 교육받은 환경의 차이도 너무도 달라서, 생각하고 이해하는 방법과 과정의 다름을 한번 살펴보는 것도 도움이 될 것으로 본다. 문퇴세대로 불리는 30년대를 중심으로 그 전후에 태어난 세대는, 일제강점의 수탈과 탄압이 극악할 때 태어나서 태평양전쟁 동원 시기에 어린 시절을 보내고, 해방을 맞은 세대로 전란의 시기는 20대 전후의 청년세대였고, 그들은 전후 문맹퇴치운동의 중심세대였기 때문이다. 그리고 이들은 경제개발계획 기간 동안 경제재건과 부흥의 중심세대이기도 한 세대여서, 고난을 마주하고 오직 앞으로만 간 세대이기에 이들이 우리에게 남긴 영향이 매우 크다고 볼 수 있다.

그리고 60년대에 태어나서 의무교육제도가 완전히 정착하고, 사회적 발전의 가능성으로 많은 변화가 있었고, 서구선진문명이 여과 없이 쏟아져 들어오던 시기를 유소년으로 보낸 세대로, 서구적 영향을 받았고 자주적 교육을 받은 세대이기 때문에 이들 세대를 지식세대라 할 수 있다.

문맹퇴치 세대는 대학진학률이 10% 미만 세대이지만, 지식세대로 불릴 수 있는 60년대 세대는 대학진학률이 30~40% 범위의 선진국형 고등교육 세대로, 국내에서 처음 겪어보는 선진 문화적 교육 세대였기에 이들을 지식세대라 불러주는 것이다.

문퇴세대는 친구 중 20~30명에 한 명 정도의 대학교육을 받은 이가 있었지만, 지식세대는 3명에 한 명은 대학교육을 받은 세대여서, 세상을 보고 판단하는 기준이 너무도 달랐기 때문임도 중요한 차별일 수 있는 세대들이었다. 문퇴세대는 사회적 문제에 대해 지성적 판단을 구할 수 있는 동료나 벗이 주변에 거의 없어서, 힘을 가진 사람이나 많이 배운 사람에게 물어보고, '그들의 판단이 합리적이겠지.' 하고 따라 하는 권력의존형 세대였다면, 지식세대는 사회적 판단에 자문을 구하고 싶으면 옆에 있는 친구에게 또는 초·중·고 과정의 동창이나 동문에게 물어보면, 그들 세대의 자주적이고 지성적 판단을 제공받을 수 있었기 때문이다.

이러한 차이는 세상을 보고 살아가는 과정이, 너무나 현격한 차이를 보일 수 있는 가치관의 차이로, 서로 충돌할 수 있는 소지를 가지고 있어서 한번 살펴볼 필요가 있을 것이다. 그것의 중요한 변수가 어떤 문제에 대한 해석을 문퇴세대는 권력자나 잘사는 사람들을 따르는 경향이 있어, 그들이 자신들의 이익을 위해 잘못된 정보를 주어도 그것이 옳다고 생각할 수 있어 이용당할 수 있는 가능성이 있지만, 지식세대는 서로 다른 생각을 갖는 많은 동료가 있어 그것을 듣고 스스로 판단하는, 자주적 의사결정구조를 가지고 있는 사회적 환경에서 오는 차이를 들 수 있다.

그래서 앞선 세대의 잘못된 판단에 저항할 수밖에 없는 구조적 모순이 있다는 것이다. 그것은 문퇴세대는 권력자의 자기편의적 홍보에 동조하여 그들의 잘못을 묻어주는 역할을 할 수 있는 반면, 지식세대는 그것은 잘못되었다고 지적해서 개선하라고 요구할 수 있어져서, 서로 다른 판단에 의해 진영논리로 비화하거나 세대 차를 보이는 것이 된다. 그러나 민주적 숫자의 차이로 옳음을 관철하지 못하고, 무너질 수밖에 없는 울분을 삼켜야 했고, 또 그들은 부모였거나 형이나 누나들이었을 수 있어, 그 아픔을 한편으로는 수용해야 하는 가슴앓이 세대이기도 했다.

눈물의 헌정 민주화

● ● ●

이러한 가슴앓이 세대가 세상을 보고 느끼는 가장 참아내기가 어려운 울분은, 그들이 학교에서 배운 민주라는 가치와 선진국에서 존중되는 인간다움의 가치였다.

민주주의를 가르쳤으면서 지배층은 독재를 했고, 사람이 우선이라는 인본과 인격을 가르쳤으면서 정부는 민중에게 총부리로 억압하고, 그들이 선진교육에서 배운 바를 말하면 적색분자 또는 반정부세력으로 몰아 감옥에 가게 했다. 그러면서도 언제나 자유민주주의를 외쳤고, 시장경제를 신봉한다 하면서 재벌로부터는 수천억대의 정치자금을 뇌물로 받으면서도, 그들은 언제나 옳았다고 민중과 서민을 옭아매었다.

경제는 소득 5,000불이라는 중진국으로 가고 있는데, 정치는 독재라는 후진국형으로 퇴보하고 있었으니, 대학교육을 받은 지성적 판단으로는 감당하기 어려운 우리라는 평등과 옳음이라는 가치를 모르는 것처럼 참고 넘길 수가 없었다. 그것은 지식세대의 다름이었고 문퇴세대와의 차별성이었음을, 스스로 깨우치고 행동으로 저항할 수밖에 없는 열정이 울분으로 품어져 있었다. 그리고 그들이 가장 이해하기 어렵고 참기가 역겨웠던 가치는, 독재라는 정치구조를 발전하는 경제와 사회의 버팀목처럼, 옹호하고 지키려 했던 지배층의 아집과 모순이었다. 독재가 한국의 발전과 경제부흥을 가져왔다는 논리와 그들의 리더십이 아니었으면 오늘의 한국이 불가능했을 수 있다는 권력의 자기미화는, 지식세대가 수용하기에는 너무도 자기부정 같을 수 있어 그것이 옳지 않다고 공표하게 했다.

그들이 알고 있고 그들이 배운 민주와 리더십은 독재에 의한 배부름이 아니고, 사람다운 삶을 살 수 있는 인본주의 사회와 민주였고, 모든 주권자가 동의할 수 있는 권력의 합리적 리더십과 옳음이라는 가치였다. 그것은 우리 사회가 실현한 직선의 민주선거에서 부정한 방법에 의해 당선된 지도자나, 직선으로는 집권이 어려울 것 같아 개헌을 통해 간선 대통령으로 당선된 사람들을 독재라고 평가하고, 자유롭고 공정한 선거에서 주권재민의 직선으로 선출된 지도자는, 누구도 독재라고 하지 않은 것에서도 알 수 있을 것이다. 현행헌법 제1조 제

2항의 "모든 권력은 국민으로부터 나온다."라는 직선지도자로 당선될 자신이 없어, 부정선거를 했거나 헌법을 개정하여 간선제도가 아니면 당선될 수 없었다면, 그 지도자는 국민의 존경을 받기에는 부족한 지도자로 볼 수 있을 것이다. 그래서 그들을 모두 독재자로 역사가 평가하고 있다면, 그들은 리더로서는 자질이 부족했거나 국민들이 리더로 인정할 수 없는, 어떤 결함을 가지고 있다고 스스로 인정한 것이 될 수 있다.

그러한 결함이 있거나 자질부족의 지도자를 물러나게 하고, 국민의 권리가 올바르게 실현될 수 있는 민주화를 지식세대는 요구했고, 그것은 같은 생각을 하고 있었던 그리고 먼저 죽어간, 그들의 동료들에 의해 행동하도록 했을 것이다. 그것이 '앞서서 나가니 산자여 따르라'는 그들의 자위적 응원가가 아니겠는가? 그것은 그들을 87년 6월의 거리로 나서게 했고, 수많은 최루탄의 연막 속에서 너무도 많은 눈물을 흘리게 했고, 그리고 그들의 형이고 오빠였고 누나고 언니였던 많은 저임금에 시달렸던 근로자의 한스러운 눈물에 의해, 그해 민주헌법을 얻어내고 시행할 수 있게 했다.

그것은 사람이 옳음이고 우리가 옳음이라는 민족 보편정서를 실현하게 했고, 물질의 숭상보다 사람으로 인본을 추구하게 함으로 산업화 이익의 속성에서 사람으로 민주의 가치를 회복하게 했으며, 자본에 치우쳤던 편익의 흐름을 인본의 가치도 소중히 할 수 있는 제도적 기반을 놓게 되었다.

6·10항쟁의 결과는 선진가치의 인간다움으로 회귀할 수 있게 했고, 빨리 쉬지 않고 열심히 일만 하는 밥 먹는 기계에서 사람으로 변이를 요구했다. 그리고 인본의 회복은 민주 선진으로 가는 필수과정이 되었고, 민권향상의 표준코스가 '주권재민'임을 모두에게 기억하게 했다.

그래서 우리와 민주 그리고 옳음과 평등은 행동할 때 지켜지는 것이 되었다.

제3장

가보지 않은 길

1. 한글전용과 이념탈피

고유성과 자긍심 회복

• • •

세종에 의해 한글이 창제 반포되고 448년이라는 세월이 흐른 후, 훈민정음은 '국문'이라는 이름으로 문자로서의 인정을 받았다. 그것도 지배층들인 양반들이 좋아서 문자로 인정받은 것이 아니고, 동학농민운동이라는 일반 서민들의 봉기와 요구에 의해서 1894년 갑오년에 받아들여졌고 그래서 민초들의 소통수단인 한글이, 지배귀족들의 사용문자였던 한자와 동등해질 수 있어졌다. 그리고 공식문서에서 한글과 한자를 함께 쓸 수 있는 병용의 시대를 맞았다.

한글이 공식문서에 사용되는 것도 처음으로 해보는 일이지만, 갑오개혁 후 95년간이나 국한문 병용시대를 거쳐, 1989년 한글로만 공식문서를 작성하고, 모든 학교의 교과서를 한글로만 사용하도록 하는 정책이 실현되었다. 그것은 해방 후 1948년 한글전용법이 국회를 통과한 후, 41년이 지나서야 온전히 그 법을 실현할 수 있어진 것이다. 이것은 역사 이래 처음 겪어보는 변화였고, 그것이 가능할 수 있는지에 대한 우려는 있었지만, 가보지 않은 길로 들어서면서 진정한 우리의 고유성과 자긍심을 회복할 수 있었다. 우리의 고유성과 자긍심이라고 하면, 우리 배달민족 또는 한국인들만의 글자였음에 의한 고유함이고, 다른 나라 문자의 도움 없이 오직 우리글인 한글로만 모든 표현과 소통이 가능할 수 있다는, 한국인만의 자긍심의 실현이기도 했다.

그렇다면 지금까지 한자를 사용한 양반이라는 사람들의 지배층은, 그들만의 고유성이나 자긍심이 없었을까? 물어봐야 하는 것이 될 수 있다. 그들은 중화적 관점에서의 문명국일 수 있는, '소화'라는 자부심과 고유성은 있었는지 모르지만, 오직 단군의 후손으로 홍익사상을 물려받은 한국인으로서의, 고유성과 자긍심은 아닐 수 있는 것이어서, 받아들이는 느낌은 사뭇 달랐을 수 있을 것이다. 그리고 이것은 한글을 창제·반포한 후 543년이라는 세월이 흐른 후의 결과였고, 온전히 448년은 글자 대접을 못 받은 천덕꾸러기 문자였는데도, 그 글자가 없어지지 않고 지속적으로 사용되고, 통용되었다는 것도 중요한 과정이었지만, 그 글은 오직 여성과 서민들인 민초에 의해 지켜지고, 유지되었다는 사실에서 매우 큰 다름과 울림이 있다는 것이다.

그것은 우리 문화의 주도세력이 일부의 지배층들인 양반이라는 신분에서, 일반서민인 피지배층 민초들로 바뀌었다는 사실이 매우 큰 변화일 수 있다. 그리고 한자를 사용하는 사람들보다 한글을 사용하는 사람들이, 훨씬 많았기에 가능할 수 있는 결과 때문이기도 했다.

그것은 현대 민주주의에도 합치되는 것이어서, 힘의 중심에서 사람이 중심이 되는 인본적 개념도 실현되었다는 사실이다. 그리고 힘 있고 큰 나라의 문화가 우선이었던 문자가 없었던 오랜 세월의 사대적 관행에서, 자주적이고 고유한 우리라는 문화를 열 수 있는 계기가 되었음도 매우 중요하기 때문이다. 우리 역사의 수천 년을 다른 나라 문명에 의존했던 흐름을 벗어났다는 것과 강한 자의 힘의 흐름과 오랜 시간의 관행의 흐름에서, 새로움을 가져온 변화였기 때문에 우리에게는 매우 소중한 과정일 수가 있는 것이다.

그것은 세종의 기다림이 오백여 년을 한스러움으로 가슴앓이를 했다는 것이고, 그 오랜 기간을 한자를 사용한 사람들과 한글을 사용한 사람들의, 서로 다름으로 살아온 세월의 길이가 너무도 길었다는 것이 될 수도 있을 것이다. 그 오랜 기간의 서로 다름이 그들을 서로 아프게 했을 것이고, 그러한 아픔이 한으로 화병으로 우리에게 고스란히 이어지고 있는 것은 아닌가 살펴보게 된다.

사대적 관행은 힘 있는 사람 중심, 큰 나라 중심의 편향을 가져왔기에, 그곳에는 우리라는 고유성이 없어 보일 수 있고, 서민들인 민초와 여성들의 '우리 함께'라는 모두의 정서가, 물과 기름처럼 서로 다름이 되어 사대와 관행과 차별의 정서와 우리와 변화와 보편의 정서로 자리하고 있는 것은 아닌가 한다.

억압의 인내가 스민 정서

• • •

이러한 사대와 차별의 정서와 우리와 보편의 정서가 조선조 500년을 지나 현재까지 이어지고 있는 것으로 볼 수 있다. 한글이 글자 대접을 받을 수 없었던 448년은, 우리와 보편이라는 민초의 정서는 없는 것이나 마찬가지가 되어, 오랜 세월을 가슴앓이로 지났을 것은 너무도 당연했을 것이다.

그러는 동안을 일부 지배층에 의한 사대와 차별의 세상이, 오랜 세월을 서민과 여성과 민초들을 억압하고 배제하고 무시한, 인내의 시간이 또한 얼마나 한이 되고 힘들었을까? 그리고 그러함의 차별과 특권적 생활상이 국한문 병용이라는 95년 동안을, 서민과 여성들이 평등이라는 신분적 허울은 벗었으나, 관행이라는 이름으로 지나온 과거를 불러들여 차별하려고 애쓴 그들의 부당함에 의해, 그렇게 또 한 세기를 지나올 수밖에 없었다.

그것은 평등이라는 이름은 그냥 주어지는 것이 아니고, 스스로 노력해서 쟁취할 때만 가능하다는 것을 보여주는 것일 수 있다. 의무교육이 도입되고 민주와 평등에 의해 주권재민의 인본이 자리 잡아가는 동안도, 관행이라는 관습으로 차별을 유지하려 했고, 많은 서민의 자녀들이 고등교육을 받고 그들과 대등한 지성과 품격을 갖추면서, 민주화라는 끈질긴 투쟁의 결과가 한글전용으로 그리고 실제적 평등을 가능하게 했기 때문이다. 그렇다고 그러한 차별적 사대적 특권습성이 없어진 것은 아니고, 지금도 끊임없이 우리 사회 곳곳에서 관행이라는 명분으로 지속하려고, 그들이 주장하고 있음을 권력의 심장부에서 오늘도 보게 되고 있는 것은 아닌가?

지나간 500여 년을 그림자처럼 실상에서는 없는 것처럼 살아온 평서민의 정서가, 가슴에 멍으로 새겨지고 그것이 발효되어 화병으로 그리고 그것이 농익어 홍타령으로 보이는 것은 아닌지, 그것이 한글전용의 시대에 스미어 나와 한류라는 감성적 정서의 바탕이 되었을 것이다. 이러한 삶의 밑바닥에서 보편화 되어가는 감성적 느낌들이, 민초의 그림자 정서가 되어 그리고 여성들의 설움이 겹겹의 한으로 농익어, 한 겹을 비집고 스며나게 된 것이 진정한 한국인의 정서가 아닐까 생각해 보게 된다.

500여 년을 막혀있던 화병의 농이, 산업화와 민주화를 통해 얻은 문화적 자주와 고유성의 회복인 한글전용을 통해, 우리로 모두의 울림이 되어 치유의 길로 흐름을 바꾼 것이, 우리의 고유한 예술성으로 스미어 나오는 것일 수 있다. 민초의 양반과 상민이라는 억압의 인내도 있었지만, '삼종지도'라는 여성의 굴레는 너무도 아프고 힘겨워, 모성이 아니면 승화할 수 없는 감성의 주름이 되어 그들의 후대에 DNA처럼 흔적으로 남겨졌을 것이다.

이것은 한자적 정서와 한글적 정서의 다름에서 오는, 저항과 인내와 옳음을 녹여낸 차별적 다름으로 표현될 수 있을 것이다. 그것은 600여 년에 가까운 두 가지 문자가 담아온 두 가지 정서이고, 그것에서 솟아 나온 또 다른 흐름일 수 있다. 한자적 정서가 품고 있는 감성과 가치가 다르듯이, 한글이 품고 있는 감성과 가치도 다르게 그리고 새롭게, 우리들을 물들이고 가슴에까지 스며들게 하고 있다. 두 가지 문자는 서로 다른 느낌과 서로 다른 가치로 수백 년을 함께했다. 한자적 정서는 차별과 특권이 관행과 수구로 보일 수 있고, 한글적 정서는 보편과 평등이 변화와 새로움으로 우리에게 다가올 수 있을 것이다.

그리고 민주라는 의사표현의 가치가 인본을 바탕으로 하기 때문에, 우리의 흐름은 그들, 즉 민주의 다수가 옳음으로 선택하는 방향으로 갈 수밖에 없을 것이다. 그것이 우리이고 대동이고 홍익일 수 있을 것이다. 그러한 흐름은 누구도 막을 수 없는 도도함으로, 우리를 거대한 소용돌이 속으로 휘몰아 하나로 할 것이다. 우리는 모두이고 나이고 함께이니까.

북방의 균형 회복

● ● ●

우리는 현대적 정부조직과 행정집행을 일제강점 정부에서 시작했다고 볼 수 있고, 해방 후 3년간의 미군정은 지배를 위한 정부 운용이어서, 순수한 민주정부 출범은 제헌정부에서 시작되었다고 볼 수 있다. 그러나 48년 제헌정부에서도 행정조직과 행정집행 인력은, 일제강점

정부에서 군사지배 정부로 이어지는 인력자원이 그대로 활용되므로, 일선에서의 행정력 집행과정이 강점 또는 지배정부의 형식을 그대로 물려받았다고 볼 수 있다.

그것은 행정집행 행태의 민주적 절차에 대해 따로 배우거나, 경험해 볼 기회가 없었기 때문으로 볼 수 있다. 이러한 행정집행 관행은 국민을 피식민 또는 피지배민으로 보는, 습관적 행정이 될 우려를 다분히 가지고 있었다. 그리고 이러함은 해방 후 남북의 이념의 다름이 그대로 강점이나 지배개념의 바탕정서가 되어, 국민의 선택은 고려되지 않고 무조건적 냉전이념이 강요되다시피 하므로, 제헌정부에서도 같은 관행이 유지되었다고 볼 수 있다.

그것은 강점정부에서 반정부인사를 적색분자로 분류하여, 감시단속하고 있었던 것과 반정부와 반일을 동일시할 수 있어, 독립운동을 한 의혈투사를 반정부 적색분자로 분류했고, 이것은 미군정 지배시절에도 관행적으로 남북의 통일정부를 주장했던 사람들을, 일제의 적색분자를 우리말화한 빨갱이로 몰아갈 수 있는 빌미가 되었다. 두 개 정부로의 분단에 동의하지 않았다고 해서 그들을 용공분자, 또는 적색분자로 몰아 빨갱이로 분류하는 오류가 있었을 수 있다고 본다.

일본에 반대한 독립을 반정부 적색분자로 보는 것을, 군정지배정부와 제헌정부에서의 반정부를 빨갱이로 몰아가면, 결국 민족 자주적 활동개념을 반정부 이념의 틀로 보아, 빨갱이 친북 용공분자로 몰아붙일 오류에서 자유로울 수 없는 결과가 될 수도 있을 것이다. 이것은 초기

정부와 그 후의 군사독재 정부에서, 정적을 핍박하는 수단으로 활용될 수 있는 유혹을 받을 수 있었고, 상당한 사례에서 그렇게 오용되기도 했다고 본다.

이러한 관행적 사고는 민주의 형식을 빌린 독재정부에서 37년(자유당 12년, 1차 군사독재 18년, 2차 군사독재 7년)간을, 반독재 민주를 요구하는 민주투사에게 용공분자로 올가미를 씌우는 경우가 관행화되어, 여러 민주인사가 형장의 이슬로 사라지거나 고문과 옥고를 치른 사례로 남겨지게 되었다.

이것은 반일 독립을 적색분자로, 통일정부를 요구하면 빨갱이 용공분자로, 그리고 독재 타도를 외치면 친북인사로 낙인을 찍고, 가족과 지인들을 연좌제로 모두 처벌하는 과오를 범하는 세월이, 일제강점 36년과 군정 3년 그리고 독재정부 37년간, 무려 76년간을 관행적으로 오용되었다.

그러한 잘못됨을 고치기 위해 87년 6월 항쟁에서 민주직선 헌법을 얻어냈고, 그러한 결과가 88년 올림픽을 그리고 89년 한글전용으로, 그리고 90년 한소수교와 91년 남북 유엔 동시 가입 그리고 92년 한중수교를 거치므로, 멸공과 북진통일에서 공존공영으로의 새로운 길을 열었다.

이것은 우리 현대사에서 한 번도 허용되지 않았던, 이념의 벽을 허물 수 있는 방향전환을 집권세력에 의해서 이루어졌다. 걸핏하면 빨갱이로 친북용공으로 몰아붙이던 그들에 의해, 화해가 실현되고 사상의 벽을 허물 수 있는 기회가 제공되었다.

멸공에서 공존이라는 공산주의와 공영의 길을 어떻게 가야 하는지 한 번도 생각해 본 적도 없고 생각할 엄두도 못 냈던, 이념의 벽을 넘어서는 가보지 않은 길로 모두를 초대했고, 모두는 그것의 자리매김이 무엇인지를 혼란스러워하면서 또 30년을 지나고 있다. 그리고 아직도 용공이니, 친북이니 하는 이념의 덫에서 벗어나지 못하고 있는 것은, 북방외교와 균형회복을 저평가하는 것으로 볼 수 있는 것이 아닌가? 우려스럽다.

상상력의 해금

● ● ●

남북한 유엔 동시 가입은 서로를 국가로 인정하는 절차를 허용했다고 볼 수 있고, 이러한 북방으로의 균형 회복은 많은 정신적 사회적 가치변화를 가져올 수 있었다. 가장 중요한 가치설정에 대한 변화가, 6·25에서 서로를 죽인 원수 집단을 인정할 수밖에 없었다는 것과 51년 1·4후퇴를 불러온 중공군의 중국과 국교를 맺었다는 것, 그리고 공산 종주국인 소련과도 국교가 정상화됨으로 공산국가도 벗으로 받아들였다는 것이다. 전쟁 3년 동안 피로 갚아야 할 원수로 그들을 멸망시켜야 하는 적으로, 오직 멸공통일과 북진통일을 외쳤던 지배층에 의해, 그들과 화해를 할 수밖에 없었다는 현실론적 실리로 받아들여졌다.

　이러한 상호 모순을 어떻게 받아들이고 승화시켜, 국운융성의 에너지로 활용할 것이냐는 범국민적 가치정리가 숙제로 민초들에게 주어졌다. 이것은 지금까지의 반공 자유를 외쳤던 기성의 보수집단세력 그것도, 군부세력들에 의해서 북방수교가 이루어지므로, 한쪽만 있고 다른 쪽은 없었던 것에서 다른 쪽도 똑같이 고려할 수밖에 없는, 국제적 현실의 냉혹함을 새롭게 느낄 수밖에 없었다.

　그리고 지나간 중공군 참전과 살상행위에 대한 어떠한 사과도 없이, 면죄부가 주어진 것은 아닌지 서민들은 이해할 수 없는 혼란이 생겼고, 똑같은 총부리로 서로를 겨누고 죽인 중국 공산군을 모른 척 받아들이면, 같은 행동을 한 북쪽 공산군은 어떻게 이해해야 할까? 그동안 한쪽은 완전히 비워져 있었는데, 그곳에도 가치를 부여하고 함께 인정해야 하는 정신적 혼란과 원수로 죽여야 했던 대상을 벗으로 받아들이라는 새로운 변화가, 그 빈자리에 무엇을 어떻게 채워서 양쪽의 균형을 유지할 수 있을까? 그것은 너무도 큰 공간을 한꺼번에 채워야 하는 충격으로, 우리를 나를 고통과 이념의 해방이라는 홀가분함과 함께 가져다주었다.

　그것은 너무도 큰 자리로 왜 비워 두었는지도 모르면서 늘 비워 두었던 곳을, 폭풍의 회오리처럼 한순간에 채워야 하는 상상력을 시험하게 했고, 그것은 왼쪽과 오른쪽의 균형을 그리고 이념의 굴레를 허물어야 하는 가치관 혁신을, 그리고 그동안 누리고 있었던 문화의 공간이동과

70년이라는 시간의 순간이동을 우리에게 요구했다.

6·10항쟁의 여운도 머릿속에서 정리되지 못하고 있는데, 88올림픽의 영광을 가슴에 담았고 89년 한글전용이라는, 문화적 자긍심을 마음의 한켠에 심고 가꾸어야 하는 바쁨을, 일상으로 받아들이는 뿌듯함이 민초들을 들뜨게 했다. 그리고 북방의 균형회복과 남북의 이념 해금은 이념편향을 극복하고, 우리의 고유성과 우리는 하나라는 포용성을 가슴에 담아내므로, 70여 년 이상의 허상을 그리고 한쪽이 비어 있는 가치의 결핍을 지우고 채워서, 우리만의 문화로 복원할 수 있도록 모두에게 기회를 부여했다.

이러한 머리와 가슴과 마음의 소용돌이가 상상력의 창의로 변이하고, 문화의 새싹으로 움트면서 민족혼 속에서 5,000년이 담긴 K-르네상스를 잉태하게 하고 있다. 남북의 동시 유엔가입과 상호인정은, 그동안의 이념편향을 극복하고 문화 복원의 가능성을 열었고, 93년 한국예술종합학교 개교와 94년 국민소득 10,000불의 풍요가 가능성의 시대를 열게 했다.

우리의 문화와 예술 그리고 국민적 역량은, 중진을 넘어 선진으로 갈 수 있는 정서적 에너지를 부여했고, 그것이 한류라는 가치를 만들어가고 있었을 것이다. 이것은 우리를 정신적 문화적 그리고 예술적 가치로, 우리가 한 번도 가보지 않은 새로운 길로 우리를 이끌어가고 있다. 이러한 거대한 흐름은 누구에 의해 시작되었고, 누구의 힘으로 움직이게 하고, 누구를 위해 흐르고 있는 변화일까?

2. IMF와 진학률

답습의 한계 절감

• • •

우리는 경제개발 5개년계획이라는 전란 후의 경제복원과 발전을 위한 정책을, 군사 독재정부에서 총력을 기울여 추진하고 있었고, 그것은 잘살아 보자는 것을 목표로 선진국 따라 하기에 몰두하고 있었다. 그것은 그들이 잘살고 있었고 그리고 사회적 정치제도도 바람직해 보였기 때문에 무조건적으로 배우고 싶었고, 그들이 간 길을 매뉴얼화해서 표준모델로 정해놓고 독재정부에 의해 독선적으로 밀어붙였다. 그리고 이러한 따라 하기는 그들이 간 방법을 이해하고 실현할 수 있는 것이면, 그것을 알 수 있고 따라 할 수 있는 사람에 의해 다른 나라의 사례보다 빨리, 그리고 쉬지 않고 혼신을 다해 열심히만 하면 누구보다도 빨리 달성할 수 있는 목표였다.

이러한 답습의 과정은 이익을 목적으로 하는 산업화의 실현이 주요

목표였고, 선진 사회질서와 어떤 문제를 해결하는 방법에서의 품격 등도 부러움의 대상이었지만, 이러한 인문적 가치는 성과가 직접 보이지 않는 것이어서 소홀할 수밖에 없었다. 그들이 실현한 민주적 정권교체와 합리적이고 공정한 선거에 대한 깨끗한 승복, 그리고 경쟁상대에 대한 포용과 존중 등 후진사회에서 겪고 있는 독선을 제어하고, 지성적 합리성으로 뒷받침되는 사회적 역량으로 산업화와 민주화를 이루었기에, 따라 하고 싶은 모델로 선정되었던 것이다.

그러나 민주화는 국민의 역량이 따라줄 때 가능할 수 있는 사회적 선진의 역량이었기에, 독재와 독선에서는 따라잡을 수 없는 어려운 목표일 수 있었다. 그래서 눈에 보이고 성과의 결과가 정치에 곧바로 반영될 수 있는 산업화에 국력을 쏟을 수밖에 없고, 산업의 답습은 선진국 수준이 어디에 있다는 기준이 모호해서, 개발도상국에서는 가이드라인을 선정할 수 없는 애매함도 있었기에, 어디 만큼 쫓아가서 속도를 줄이고 제동을 해야 할지는, 매뉴얼이나 따라 하기 표준모델에는 없었던 것이다.

그것은 선진국의 평가선이 정해져 있는 것이 아니고 지속적으로 움직이고 있었고, 열심히 따라가면 또 그만큼 앞서가 있는 상황에서, 앞만 보고 더욱 열심히 빨리만 하려고 하면, 결국 속도 감각을 느낄 수 없는 상황이 되기 때문이다. 이것은 선진추적에서 어디쯤에 어떤 문제가 발생하고, 어느 시점부터 앞을 볼 수 있는 시야가 흐려질 수 있다는 것을, 몰랐기 때문일 수 있었다.

그것은 선진국을 모델로 하여 현지조사와 실행방향을 설정할 때 그들의 좋은 점만 보았기 때문에, 산업화 과정에서 생기는 잘못될 수 있는 가능성인 그림자를 살피지 않았기 때문이다. 대도시나 산업단지의 앞면만을 보았고 도심대로 뒷면을 살펴보지 못했고, 그것은 빨리라는 시간에 쫓기어 그러한 것을 볼 수 없는 속도에 함몰되었기 때문이기도 했다. 이것은 빨리라는 행동속성에는 제어나 제동이 불필요했기 때문에, 아예 그러한 기능이 상실되었고 참고할 생각도 할 수 없었기에, 피할 수 없는 답습의 시행착오가 부른 또 다른 변수였다.

'빨리'라는 속성은 제어를 하면 출발부터 할 수 없는 구조이고, 제동을 하게 되면 쉬지 않고 '열심'히가 불가능하기 때문에, '빨리'에는 제어나 검토와 성찰은 있어서는 안 되는 구조이기 때문이었다. 이러한 제어의 고려가 상실된 '빨리'의 돌진은, 충돌을 사전에 감지할 수 없는 구조적 모순을 포함하고 있어, 산업화라는 이익 우선의 실물경제가 방향 전환의 시간을 놓쳐서, 탈선하고 전복되는 사례가 발생할 수 있다. 이것이 우리를 IMF라는 금융위기로 가는 또 다른, 한 번도 가보지 않은 길로 들어서게 했고, 제어 없는 돌진의 답습이 가져올 한계를 절감케 했다.

섣부른 만용의 경고

●●●

선진국들이 100년에 달성했다는 산업화를 우리는 30년에 이루었다고, 그것을 자랑으로 알고 긍지를 가지고 있었으며, 그래서 더욱 자만했고 그냥 앞으로 돌진만 하고 있었다. 그리고 지금까지는 잘살고 있었고 잘살 수 있다는 자신감도 있었기 때문에, 주변을 살펴볼 여유도 없이 그냥 하던 대로 알고 있는 방식대로 가고 있었는데, 어느 순간 모델이 된 표준코스의 막다른 위치에 근접했고, 지금까지의 속도로는 막다른 위치에서 정지하기에는 늦어버린 것을 깨닫게 되는 속도의 부작용과 마주하고 말았다. 그것은 '빨리'라는 시간적 과속과 '쉬지 않고'라는 기간적 과속, 그리고 '열심'이라는 내용적 과속이 겹쳐진 3가지 과속인 '3과'에 의해, 통상의 속도 보편의 속도에서 누릴 수 있는 여유가 상실되므로 생길 수밖에 없는, 충돌이나 속도를 제어할 수 없어 생기는 낭떠러지에서의 추락을 막을 수 없었다.

후진 개발도상국 중에서 누구도 이룬 적이 없는 산업화와 민주화를 동시에 달성했고, 한글전용이라는 문화적 우월감도 있었기 때문에 못할 것이 없는 자신감으로 무엇을 해야 할지 살피고 있었다. '다른 선진국들보다 부족한 것이 무엇인가?'라는 따라 하기에서 비교하기가 되고, 그들은 범세계적으로 모든 국가와 교류하고 있었고, 그리고 그들은 선진국그룹이라는 경제개발 협력기구에 참여하고 있었다. 산업화의 산물은 많이 유통할수록 유리한 구조였기 때문에, 그동안 수교가 없었던 공산권 국가와 교류하고 그들 국가에 산업화 산물을 수출할 수 있으면 세계화도 가능하고 더 잘 살 수 있는 경제발전의 토대가 될 수 있음을 깨우쳤다.

그래서 90년 한·소수교와 92년 한·중수교를 하므로, 모든 공산권 국가와 소통과 유통을 가능하게 했다. 이렇게 세계시장의 상당 부분을 차지하던 사회주의 또는 공산권 국가로, 수출 영향권을 확대한 것에 힘입어 94년에는 국민소득 일만 불이라는 경제적 성과를 달성할 수 있었다. 이렇게 선진국과의 비교에서 상호소통과 교류로 범세계화가 가능해졌고, 거기에 따른 성과도 충분했기에 내친걸음으로 OECD에 가입을 타진했고, 96년에는 그들 선진국 그룹인 경제협력 개발기구에 가입할 수 있었다.

이것은 그동안 한계로 느꼈던 이념의 벽도 넘어섰고, 선진국이라는 도저히 따라갈 수 없게 느꼈던 그들의 모임에 참여할 수 있어지면서, 3과의 부작용은 생각하지 못하고 더욱 자신만만해 있었다. 그것은 우리 경제를 도약의 발판으로 올려 놓은, 경제개발 5개년계획을 추진한 설정목표를 달성한 결과여서, 더 이상 경제개발의 추진이 불필요해졌다. 제7차 계획이 96년에 끝남으로 OECD 가입과 동시, 더 이상의 개발할 경제적 영역이 없다고 봐서, 목표성 추진을 마무리하고 시장의 역할에 맡기기로 했다.

더 이상 앞만 보고 갈 목표가 없어지면서, 그동안 3과에 의한 과속 피로감으로 속도감이 둔감해졌고, 97년 말에는 그동안 자본부족으로 빌려온 외채를 갚아야 하는 금융위기를 맞게 되었다.

통상 개발도상국의 몰락은 산업화를 위한 과도한 채무로 재정위기를 초래하면, 그것이 정치위기로 전이하고 리더십의 붕괴로 혼란을 맞으면서, 선진의 문 앞에서 무너졌는데, 우리는 정치위기는 민주화로 넘어섰으나 3과의 부작용과 방향전환의 기회를 놓치므로, 재정위기를 벗어나지 못하고 결국 IMF라는 비상재정 조달 방법을 선택할 수밖에 없었다. 그러한 과속에 의한 충돌과 전복으로 무너져 내린 경제와 사회는, 충격에 내력이 있는 많이 가지고 많이 배운 이들은 견디어 낼 수 있었으나, 가진 것이 없고 배우지 못한 서민들은 모든 것이 무너져 내릴 수밖에 없었다. 이러한 혼란은 과속관성을 살피지 못한 개발독선의 자만에 대한 경고일 수 있었다.

답습을 넘어 추월로

• • •

너무도 못살았고 가난했고 배고픔으로 굶주렸던 전란의 상처가 깊었기에, 잘살아 보였고 풍요했고 배부름으로 선망의 대상이 서구 선진국들이었다. 그래서 그들과 같이 되어 보기 위해서 선진국 바라기가 되어 따라 하기를 너무도 열심히 했기에, 그리한 시간의 길이만큼 관성이 생겼고 그 가속도에 의한, 예상외의 관성을 제어할 수 없어 IMF 구제금융의 시대를 맞았다. 국가적 재정위기에서 모든 기업은 돈줄이 말랐고, 그것은 공장을 돌릴 원자재의 대금 지불이 불가능해지는 사태로 발전했고, 급기야는 모든 산업시설이 멈추고 대량실업이라는 겪어보지 못한 충격에 빠져버렸다.

그동안 빨리하고 쉬지 않고 하고 열심히 한 것을 영광으로 알았는데, 그러한 과속의 결과가 나를 살필 여유가 없어, 내 몸이 병들고 주저앉음을 맞고 스스로 무너져 내렸다. 선진국들은 따라 하기 모델이 없어서 스스로 방향을 설정하고, 그곳으로 가보다가 방향이 맞지 않는다고 판단되면 다시 물러서서 새로 가보는 등의, 알지 못함에 의한 시행착오를 모두가 수없이 하면서 그 길에서, 다시 방향을 잡았고 보란 듯이 성과를 내었기에 그들을 선진이라고 하는 것이다.

이것은 처음 가보는 길 누구도 가보지 않은 길을 가게 되는 앞선 자들의 영광이기도 했지만, 알 수 없음을 맞는 당혹과 그것을 넘어서야 하는 고통을 겪고서야, 남들 앞에 이러한 것을 했노라고 뽐낼 수 있는 것이, 또한 선진이 감당하는 경륜이 되었다. 그래서 그들은 자만할 수 없었고 언제나 실패할 수 있는 모름을 가지고 있었기에, 선진을 이끌어 가는 이들은 겸손했고, 남들의 시행착오의 무너짐을 또 하나의 성과로 가는 출발로 보고 격려하고, 그 길을 넘어서는 그들의 인내를 보고 존경했고 그들의 성과에 대해 충분한 찬사로, 스스로의 겸손으로 그들을 선망했다.

그것이 선진들의 겸양의 자세였다. 그들의 지나온 아픔과 인내의 고통을 모두 알기에 자만을 경계했고, 그래서 다시 한 번 살피고 무너질 때의 아픔을 줄이기 위해 주변을 든든히 할 수 있는 여유를 두었다. 이러한 것은 선진이 되어가는 과정에서 얻어지는 근육과 주름살 같은 것으로, 그들은 실패의 후유증을 하나의 트렌드로 그들의 가슴에 묻어 두고 있었다.

그래서 그들은 존경스러워 보였다. 그러나 후진과 개발도상들은 이러한 실패의 트렌드를 모르고 있었고, 그래서 자만했고 '빨리'를 훈장으로 오해하고 있었다. 누구도 피할 수 없는 앞선 자의 고통이 실패라는 트렌드가 가지고 있는, 겸손과 양보와 존경과 포용의 넉넉함과 시행착오에 대한 고통의 공감과 격려였다.

우리는 그것을 몰랐고 그래서 아무 생각 없이 앞으로만 가고 있었던 것이다. 산업화의 소용에 의해 교육이 뒤따라가고 있었는데, 산업의 주저앉음은 교육의 조정을 요구했는데, 우리는 그것도 놓쳐 버린 것 같다. 교육은 비실물경제 분야여서 긴급함을 못 느꼈을 수도 있지만, 교육도 산업의 속도에 따라 과속으로 가고 있었고, 그것은 산업의 정체에도 불구하고 그대로 선진국의 보편을 추월하고 말았다.

대학진학률이 IMF 직전에 선진국 평균을 넘어 60%대로 진입하고 있었는데, 금융위기의 경제적 혼란의 시기에도 그대로 상승하여, 2,000년대 초반에 80%대로 진입하고 있었기 때문이다. 선진답습의 소망이 교육의 답습으로 변환되었고, 교육도 산업의 과속에 따라 가속관성이 생겼고 선진소망의 불감증이, 교육 과속을 불러와 미래세대를 무한경쟁의 정글로 내몰고 말았다.

이것은 IMF 10여 년 후에 취업전쟁으로 그리고 헬조선이라는, 3포의 세대를 만들어내는 새로운 과오를 범하게 된 것이다. 산업의 과속을 고통으로 맞았다면 산업의 필요로 교육이 따라갔는데, 교육의 속도를 제어하지 못한 기성세대의 무책임이 그들의 3과에 의한, 후대의 3포를 상속하게 한 것이 아닐까?

가속관성의 효과

• • •

선진국이 100년 걸렸던 산업화가 표준코스와 모델이 정립된 길을 가면, 30년에 도달할 수 있는 것은 선두의 시행착오가 최소한 2번은 있었다는 것이 될 수 있다. 그것은 하고자 하는 일에 대한 '지피지기'를 생각하면 쉽게 이해가 될 수 있을 것이다. 한 번의 시행착오는 하고자 하는 일의 본질을 충분히 파악할 수 없어서 생기는 '지피'일 것이고, 다른 한 번은 그 일에 임하는 자신의 능력과 자세가 그 일과 맞지 않아서 생기는 '지기'의 영향으로 볼 수 있다.

그러면 대상인 그 일과 그것을 하려는 나를 알았으니, 최소한의 문제는 해결되었다는 관점에서 그것을 달성할 수 있어질 것이다. 이것이 100년의 시간을 30년으로 줄일 수 있는 표준코스 모델효과이다. 이렇게 성공하고 나서 생기는 모델을 잘 파악하고 나서, '그것을 할 수 있는 사람들에 의해서 빨리 쉬지 않고 열심히 해서, 달성하는 것을 능력으로 볼 수 있을 것인가?' 이다.

누구나 선두가 되면 겪어야 하는 보편적 절차와 수순일 것이다. 이러한 선진의 실패 트렌드를 모르면 선두에 있는 사람들은, 그들이 하려는 일에 옳음이 무엇인지 알 수 없는 상황이 되고 그래서 그냥 하던 대로 '빨리'와 '열심히'만 하면, '빨리'의 과속관성에 의해 예상하지 못한 곳까지 가게 되고, 문제 발생을 느꼈을 때는 이미 지나쳐 버린 상황이 되기 때문이다.

이러한 것이 산업에서는 실물의 대상이 있어, 바로 부딪치게 되고 또 결과를 수습해야 하는 절차로 진입하지만, 교육은 백년지대계라고 했듯이 짧은 시간에 대처하기에는 문제가 있을 것이다. 우리는 산업화의 관성을 따라가고 산업화를 지원하기 위해 교육시스템을 형성했는데, 산업이 무너지면 고급인력의 배출과 취업시스템이 동시에 무너질 수밖에 없을 것이다. 결국, 산업의 대량생산 관행과 관성이 교육에도 영향을 줄 수밖에 없어서, 고급인력의 대량생산 체계가 형성되었고 그러한 관행 때문에, 제어를 벗어난 관성은 자해로 귀환하는 시행착오를 가져왔다.

일반 서민들의 조상들은 언제나 일만 하고 살아왔고, 그러한 노동의 어려움을 자녀들에게 물려주고 싶지 않은 것이 부모들의 소망 같은 것일 수 있다. 그들은 3과의 기계처럼 일만 했지만 후대에는 신분의 변화를 바랐고, 그들이 알고 있는 신분의 변화는 대학교육을 받고 과거시험에 준하는 채용시험을 통과해서, 보다 높은 지위에서 일할 수 있는 신분적 개선을 희망했다.

그래서 자녀들을 모두 고급인력으로 양성하려 대학에 보낼 수밖에 없었을 것이다. 그것은 90년대 초에는 30%대 초중반이었던 대학진학률이, 90년대 말에는 60%대 후반으로 수직상승하는 효과를 가져왔고, 90년대 말에 닥친 금융위기 기간에도 그대로 높아지고 있는 가속관성의 효과가 발생하고 말았다. 산업은 IMF 위기로 구조조정을 거치므로 대량실업이라는 일자리가 줄어들고 있는데, 대학졸업생은 종전의 2배 이상을 배출하는 반대현상을 가져오고 있었으니, IMF로 어른들이 고통을 받았다면 앞으로 오랜 기간을 젊은이들이 고통의 길로 들어서게 되었다.

이런 현상은 또다시 서민들을 새로운 아픔으로 이끌어서, 많이 가지고 많이 배운 사람들끼리 서로의 연맥을 통해 취업을 연결하고 지원해주는, 부모들의 상부상조라는 품앗이가 생겨서 부모찬스라는 불공평한 현상이 생겼기 때문이다.

IMF 위기로 무너질 대로 무너진 서민들의 고통이, 자녀들의 취업 곤란이라는 새로운 사회상을 보면서, 흔히 말하는 뒷배 없는 사람들의 슬픔이 고스란히 서민의 대물림으로 되고 있었다.

이것도 처음 겪어보는 일이지만 대학진학률이 70%를 넘어, 80%대로 상승하는 어느 국가도 가보지 않은 길로 우리가 들어서고 있었다.

3. 교육만능의 한계

발전의 양식 지식정보

● ● ●

90년에서 92년에 이르는 북방외교와 남북동시 유엔가입은, 해방 후 이념 프레임에 갇혀 있던 우리 정부와 국민들에게는 황망할 수 있는 충격일 수 있었다.

서로를 죽이고 죽여서 없어져야 할 상대로 보았는데 그들과 공존공영을 선택했다는 것은, 상대를 인정하고 함께 잘살아 보자는 의미가 포함되어 있었기 때문에, 반공과 멸공을 국시로 했던 군사정부의 연장선상에 있는 집권세력의 선택은 의외일 수 있었다. 그러나 그것도 우리의 발전을 위해 잘살아 보자는 열망의 지평을 넓혔다고 볼 수 있어, 혼란스러우면서도 보다 넓은 세상을 보고 잘 살아질 수 있는, 기반이 될 수 있다는 바람으로 이해되고 받아들여졌다.

이러한 풍요해질 수 있는 희망과 잘살아 보자는 욕망의 실현을 위해, 교육과 지식정보의 중요성을 알았고, 그러함의 실현이 선진국 수준의 대학진학률로 나타났고, 그들의 헌신으로 눈부신 발전을 이룰 수 있었다. 이것은 교육이 발전에 차지하는 공로가 얼마나 되는지를 가늠해 줄 수 있는 계기가 되었고, 이러한 노력의 풍요로 인해 생활의 여유 재원을 다시 교육에 쏟아붓는 재투자가 일어나고 있었다.

선진의 과학문명은 지식정보가 발전의 원동력이라는 것을 알았고, 더 큰 발전을 위해서는 더 많은 고급인력이 필요하다는 것도 깨우쳤기 때문이다. 산업발전을 이끌어 내고 있는 젊은 교육받은 엘리트들에 의해서, 94년에는 일만 불의 일 인당 국민총생산을 달성하는 성과가, 문맹퇴치 세대들에게는 경이로움이었다. 일선 산업현장에서 기술을 선도하는 그들을 보고 긍지를 느꼈고, 대부분이 기능공이었던 문퇴세대에게는 산업의 꽃이었고, 엘리트기술자들은 어둠을 깨치어주는 샛별로 보였다.

그러한 선망은 그들 자녀의 고학력 진학을 유도했고, 청년 고급인력을 산업화의 대량생산처럼 양산하기 시작했다. 그리고 그들은 IMF라는 절대의 위기에서도 그들의 자리를 지켰고, 태풍 같은 회오리에서도 살아남은 그들을 보고, 고학력은 매우 매력적으로 보였을 수 있고, 또 고위급 직분에 위치하는 것을 보고 부러움을 갖게 되었다. 이러한 것은 신분전환이 서민의 꿈이었던 것을 회상하면, 뿌리칠 수 없는 마력으로 그들을 그리고 그들의 자녀를, 고급교육으로 몰아가는 시대적 흐름을 만들고 말았다.

80년대 중반에는 출산율이 2명 미만으로 낮아지므로, 모든 가정에서 자녀 수가 1~2명으로 핵가족화 되었고, 발전에 따른 여유분의 소득으로 자녀들의 고급교육을 가능하게 했다. 이렇게 서민들은 후대의 영광을 위해, 발전이라는 목표를 위해 교육에 재투자를 했는데, 성장기에 충분한 재원을 축적한 특혜기업이나 이들의 기업집단들은 창조적 연구개발(R&D)에 소극적이어서 많은 고급인력의 채용을 두려워했고, 결국 그들은 취업에 상당한 어려움을 겪게 된다. 기업에 싸인 충분한 이익잉여금이 있었음에도 따라 하기의 답습 때문에, 창조를 위해 선두로 나서는 것은 한 번도 해 보지 않은 새로운 도전이어서, 머뭇거리고 외면까지 하게 되었다.

표준코스의 모델이 있는 것만을 보고 따라 하기에 익숙해 있는 그동안의 기업생태가, 진취적 사고를 냉동고에 보관해 두고 쉽게 빨리 갈 수 있는 만년삼류인, 따라 하기의 관행을 벗어나기를 주저했다. 이러한 따라 하기의 관행은 IMF를 극복하고 새로운 도약으로 가는 길에서 많은 장애로 작용했다. 서민들은 IMF 위기로 모두가 무너졌어도, 고위 고급인력들은 또 새로운 자리에서 그들의 위치를 유지하는 것을 보고, 자녀교육에 더욱 집착하는 경향을 보여주어 IMF가 극복되어가는, 2,000년대를 지나면서 진학률이 80%대로 진입하는 새로운 문제를 야기했다.

경제적 분야의 과속관행이 IMF를 불러왔다면, 교육 분야의 과속관행이 취업전쟁과 3포를 불러온 것이 아닌가 한다.

엘리트 만능의 역기능

• • •

서구 선진국들의 발전과 풍요함이 좋아서 그들을 따라가려면, 그동안 그들이 지나온 발전과정을 따라가는 것은 필수의 순서일 수 있다. 그러나 그냥 따라가지는 것이 아니고 그들이 발전시킨 기술문명과 과학적 지식을 바탕으로 한 많은 정보를 이해하고, 활용할 수 있는 능력이 있을 때만 가능할 수 있는 것이었다.

선진국들이 걸어온 100여 년 이상의 많은 과학기술지식을 배워야 하는 과정이, 교육을 통해 필요해질 수밖에 없고 이러한 지식정보를 많이 알고 기억하고 있어야, 그들이 지나간 많은 과정을 따라가는 데 유리할 수 있다. 그래서 선진으로 가는 과정에 필요한 기술정보가 산업화의 핵심일 수 있어서, 그것을 이해하고 현장에서 풀어내고 활용할 수 있는 능력을 가진 사람이, 가장 존경받을 수 있는 '엘리트'들일 것이다. 폭넓은 산업의 전 분야에서 정보들이 필요했고, 그러한 필요로 하는 분야에 필요한 만큼의 지식정보를 제공하는 것이, 고급인력이라고 하는 엘리트들이었다.

그들은 폭넓은 분야에서 후진에서 선진으로 가는 과정의 지식정보가 필요해서, 어느 한 분야의 깊고 높은 지식을 요구하는 것보다, 개발도상의 그때만 필요한 지식처방을 내려주는 것이 필요해서, 많은 것을 기억할 수 있는 능력이 필요했고, 그러한 것을 많이 기억하기 위해서 많은 것을 머리에 저장해 둔 사람이, 가장 훌륭한 역할을 했다.

이러한 요구는 학교에서 깊고 높은 지식보다 그때에 필요한 정보를, 많이 기억하고 저장할 수 있는 방법의 교육방식이 찾아졌고, 그것이 주입식 교육일 수밖에 없었다. 우리가 선진으로 가는 개발도상의 사회에서는, 그러한 것을 많이 외워서 저장할 수 있는 사람, 그리고 그것을 필요한 곳에서 바로 기억해내고, 그것을 필요한 공정이나 그것을 관리하는 사람에게 제공해 주는 역할이, 가장 중요한 엘리트들이 해야 할 임무였다. 이러한 필요는 산업화 과정의 30년 이상을 필요로 했고, 모든 교육 현장에서 그러한 인재를 양성하는 교육체계가 형성되어 주입식 교육이라는, 많은 정보를 짧은 시간에 머리에 저장해서 산업현장에서 곧바로 기억하고 공급할 수 있으면, 최고의 능력자일 수밖에 없었다.

그 이상의 어떠한 것도 산업화 과정에서는 필요로 하지 않았다. 그것은 도덕적 품격이라던가 아니면, 도전을 위한 진취적 사고와 용기도 아니고, 그리고 새로운 것으로의 변화를 위한 유연성이나, 기술과 지식정보를 복합하거나 융합하여, 또 다른 지식이나 기술을 창출하는 능력 같은 것은, 소용성에서 무시되는 것이 일반적 사회적 관행으로 굳어져 갔다. 이렇게 외워서 저장된 지식정보를 기억만 해내는 사람들을, 모든 교육기관에서 대량 양산해내는 현상이 반복되면서, 금융위기 같은 산업의 정체가 불가피해졌거나, 따라 하기가 한계에 도달한 산업에서의 새로운 변화나 활로의 모색, 또는 창조적 도전과 용기에서는 문제가 되고 말았다.

물론 이러한 것은, 우리의 과거 신분사회에서 물려받은 자기보호 정서도 있었을 것이다. 그것은 베이비부머 세대까지 지속적으로 이어져 온, "모난 돌이 정 맞는다." 또는 "가만히 있으면 중간은 간다."라는 등의, 새로운 변화가 필요한 곳에서 분수를 모르고 나섰다가, 윗분들 눈 밖에 났을 경우와 제시한 결과가 실패했을 경우의 좌절과 그 책임을, 어떻게 할 것인가의 우려도 있었을 것이다.

그러나 이러한 것은 그동안 따라만 한 습관적 관행에서 오는 부적응일 수도 있고, 주입식 교육만을 받아서 배운 것의 틀을 벗어나는 상황에서 어떻게 대처해야 하는지를, 교육과정 16년 동안 그리고 산업화 과정 30년 동안 아무도 관심을 두지 않고, '앞으로'만 그리고 '빨리'만을 외친 우리 사회의 풍토가 만들었을 수 있다.

결국, IMF를 맞고 나서 그리고 70%대의 대학졸업자가 배출되었는데도, 산업의 창조적 변화를 할 수 없어서 많은 고급인력을 활용할 수 없는 문제를, 그들 엘리트들이 해결할 수 없었기 때문이다. 그것은 언제나 정해진 코스의 정답만 따라갔기에, 틀려보거나 실패하는 것의 두려움도 있었을 것이다.

청년취업의 정격용량

• • •

선진국들의 다름은 이러한 실패의 트렌드에 익숙해 있어서, 도전이 필요한 시점에 이르면 누군가 용기를 내고, 또 다른 이가 동의해서 지원하고 그렇게 함으로써, 약간의 시행착오를 앞으로 가는 과정에서 하나의 절차로 보는 아량이, 폭넓게 차지하고 있는 것 같다. 만일 그러한 정서가 사회 저변에 보편화 되어 있지 않으면, 누구도 앞으로 가려고 하지 않고 남들이 고생해서 얻어낸 성과를, 중간에서 가로채려 하는 풍조가 만연하여 사회는 서로를 믿을 수 없는, 상호감시 대상으로 전락하고 말 것이기 때문이다. 이러한 상호불신은 그들을 차세대적 후진으로, 즉 새로운 후진사회로 견인할 가능성이 생겼다고 볼 수 있을 것이다.

결국, 선진국 대열에서 존속하려면 이러한 실패의 고난을 이겨내는, 그들만의 사회적 풍토가 있어야 할 것이고 이러한 것이, 선진국이 되는 데 접근하기 어려운 사회 정서적 한계로 볼 수 있다. 우리의 오랜 답습의 정서가 실패할 자유를 제한해 버렸기에, 많은 고급인력을 배출하고도 그들이 일할 수 있는 취업의 기회를 제공하지 못했을 것이다. 실패와 시행착오를 수용하는 기업의 환경이 있었더라면, 기업의 오너들이 어느 한계 이상의 이익잉여금을 새로운 산업에 투자할 수 있었을 것이고, 그러한 투자를 바탕으로 유례가 없이 많이 배출된 고급인력을 활용하여, 남들이 가보지 않은 새로운 길을 열 수 있었을 것이다. 그러한 것 그리고 그러한 길이 선진들만이 할 수 있는 영역이고, 그래서 그들이 위대해 보이고 존경스러운 것을 따라 하기의 한계에 이른, 선두 중진국들이 깨우칠 필요가 있다. 남들을 따라 하는 답습은 쉽고 빨리할 수는 있으나 언제나 삼류의 가치라는 것을, 스스로 실패의 트렌드에서 배워서 무한의 가능성을 모두가 포용할 수 있으면, 그것이 진취적 용기이고 창조로 가는 희망이 될 것이다.

우리는 IMF를 맞고도 산업과 교육이 연계되어 있다는 것을 소홀히 하여, 하던 대로의 관행을 또다시 답습하는 시행착오를 범하고 말았다. 이러한 시행착오는 선진국들의 실패의 트렌드에 포함되어 있었다는 것을, 우리는 모르고 있는 상태에서 그러한 과정을 거치고 지나가는 것 같다.

그것은 대학진학률이 70%를 넘어서는 기간이 20년을 넘겨본 나라가 없기 때문에, 교육 분야에서 우리가 세계 최고의 선두에 있기 때문이다. 선두의 자리는 언제나 실패할 수 있는 기회를 가장 많이 가질 수 있는, 특권 같은 것이기 때문에 우리만이 겪고 있고 우리만이 할 수 있는 시행착오일 것이다.

우리는 선진국의 산업화 과정을 선망하여 그들을 따라가고 있었는데, 그들의 통상 대학진학률이 30~40%대였다는 것을 살피지 못하고 90년대 IMF 위기에서도, 60%대 후반을 지나 80%대로 들어서는 것을 느끼지 못하고 있지 않았는지, 지나온 길을 되돌아보는 여유를 가져보자. 그동안 너무 빨리만을 지상과제로 생각했는데, 금융위기라는 주저앉음의 시간을 여유로 막막함과 맞섰다면, 젊은이의 취업전쟁을 누가 왜 만들어 내었는지도 바라볼 수 있는 너그러움을 가져보는 것이, 교육 선두에서 훈장처럼 얻을 수 있는 영광스러운 기회일 수도 있는 것이니까.

교육개발원의 자료에 의하면, 2015년 OECD 대학진학률이 평균 41%라는 것을 참조하면, 우리는 2,000년대부터 20년간을 평균진학률 70~80%대를 유지하고 있는 것이, 고급 청년인력의 반 이상을 취업할 수 없는 상태로 방치했다는 것이 되고, 그것이 취업전쟁이라는 트렌드를 만들어 낸 것이 아닌가? 그리고 그것은 누가 왜 그렇게 되도록 했는지를 찾아보고 대책을 세워야 할 책임이 우리에게, 나에게 있는 것은 아릴까? 나는 무엇을 잘못했을까? 여유를 가지고 살펴보자.

그것은 30년 산업화의 답습정서가 IMF를 맞고도 성찰의 부족으로, 그대로 또 하던 대로의 관행이 새로운 답습으로 우리를 등 떠밀고 있는 것 아닌지? 우리가 가는 길을 스스로 결정하고 변화할 수 없는 것인지, 관행의 틀에서 해방되어 볼 용기를 기도해 보자.

과잉지성의 발효

• • •

산업의 필요를 충족하기 위하여 산업에 필요한 인력을 교육으로 양성해서, 현장에 공급하므로 발전을 이루는 과정이 산업화를 거친 선진국들의 모습이라면, 선진국들이 배출해 내는 고급인력이 그들을 취업시킬 수 있는 한계용량으로 볼 수 있다.

그런데 우리는 선진국들을 따라 배우는 산업화 과정에 있는 중진국으로서, 선진국의 평균 대학진학률의 2배에 달하는 80%대 진학률을 상당 기간 유지한 적이 있었다. 그것은 산업화 초·중기에는 고급인력의 수요는 있어도 공급을 할 수 없어서, 대학을 졸업하면 학과와 관계없이 모셔가는 시기도 있었고 이러한 부족함을 모두 충당할 수 없어, 일정 기간 공급의 부족시기도 있었기에 한동안의 고급인력 초과배출이, 현장의 애로를 해결하는 좋은 대책이 될 수도 있었다.

그러나 초과 공급이 10여 년을 초과하면서 수요처에서 꼭 필요한 인력을, 선별해 채용하는 과정으로 접어들고 산업과 직결되는 이공계 전공자를 선호하기 시작하면서, 인문계 전공자의 취업기회가 줄어들고 있었다. 80년대에서 90년대를 거치면서 IMF 직전까지 산업발전의 고도화 단계까지는, 고급인력이 없어서 채용을 못 했고 서로 모셔가는 상황이었으나, 금융위기로 산업이 정체되면서 적재적소의 꼭 필요한 인력이 아니면, 채용을 주저하는 현상이 업무와 직접 관련성이 부족한 학과 전공자들의 취업기회를 차단하게 되었고, 꼭 필요한 인력이라도 기왕이면 경력자를 선호하는 현상으로 변화되었다.

이것은 인턴과정이나 스펙 같은 것을 요구하는 추세로 바뀌면서, 인문계열 전공자들도 이공분야로 전과 편입하는 새로운 풍조가 생기고, 보다 높은 과정의 연구 수준 실적까지 요구하게 되었다. 그러한 것의 반영이 법학전문 대학원제도나, 의학전문 대학원 같은 새로운 관문을 만들게 되었고 이러한 과정을 이수하기 위해, 훨씬 더 많은 서민이 부담할 수 없는 수준의 등록금을 요구하는 현상은, 새로운 차별의 시작으로 자리 잡아가게 되었다.

이것은 교육에서도 양극화를 불러왔고 IMF로 중산층이 무너져 버린 사회는, 새로운 차별로 산업화 이전의 또는 현대사회 이전의 신분 차별사회가 재현될 수 있다는 불안함에, 서민들의 지위개선 희망은 꿈으로만 남겨지는 것은 아닌가 우려하게 되었다. 이러한 소용은 경력을 쌓기 위한 일정 기간의 취업이나, 인턴과정 이수 또는 필요한 스펙을 쌓을 수 있는 기회도, 부모들의 연맥이나 그들의 뒷배를 통해 주어지는 사례가 일반화되면서, 서민 자녀들의 취업기회는 더욱 악화되어 양극화를 부추기는 현상이 일어나고 있었다.

그것은 우리 사회를 금수저와 흙수저라는 이상한 출생 신분적 차별로까지 번지는 풍조를 유도했고, 취업기회가 없어지면 그들의 출생 신분적 차별은 대물림을 해야 하는, 보편 민주사회가 중세의 신분차별사회로 회귀할 수 있는 것은 아닐까 하는, 두려움이 생기게 될 수도 있다.

우리는 중세의 종말을 흑사병이라는 두려움에서 생긴, 인본적 변화에서 르네상스가 시작되었다고 생각한다면, 우리 사회가 가지고 있는 이러한 흙수저의 대물림 공포에서 새로운 인본적 고뇌가 시작될 것으로 본다. 그것은 서구 민주주의와 그들의 선진문명을 그들의 자본주의에서 이끌었다는 생각으로, 아무런 사전 고려 없이 자본주의를 최고의 가치로 바라보았다면, 자본의 속성이 가져온 현재의 실상을 보고 민주적이고 인본적 관점에서, 새로운 화두가 모두에게 주어졌다고 본다.

특히 인문학을 좋아해서 인문학을 전공한 젊은이들이 취업할 수 없어, 인류종말을 불러올 수 있는 3포, 즉 연애와 결혼과 출산을 포기해 버린다면, '과연 세상에 인문이라는 가치가 필요할 것인가?'라는 번뇌에서 벗어날 방법을 찾아야 할 것이다.

최고 학부를 전공하고서도 반수의 젊은이에게 취업의 기회가 주어지지 않는다면, 그 사회의 옳음이 무엇이고 그들의 삶의 가치는 어디서 찾아야 하고 과연 삶은 무엇일까?

4. 관행에서 변화로

차별지성은 연맥으로

• • •

우리는 산업화 과정에서 선진국 따라 하기의 사대적 행동유형이 생긴 것으로 볼 수 있다. 이렇게 어떤 행동이 필요에 의해 생기고 그것이 일정 기간 지속되면, 그것은 관행이란 이름으로 그대로 답습되는 경우가 자주 있는 것으로 보인다.

이러한 관행이 생겼다는 것은 어떤 필요에 의해 그러한 행동양상이 필요해졌고, 그것을 상당한 사람들이 동의하므로 그렇게 행동하게 되는, 집단적 따라 하기 행태로 볼 수 있을 것이다. 그렇다는 것은 그러한 행위의 필요성이 있었던 시기가 지나서도, 계속 같은 행위가 반복될 수 있다는 것이 되고, 그것이 그 시점에서도 필요한 합리성이 있을지를 새로 검토해 보아야 할 것이다. 만일 합리성이나 필요성이 부족하다면 변화를 고려하는 것이 일반적 대처 방식일 것이다.

그러나 그러한 관행 때문에 어떤 이익이 발생되는 집단이 있으면 그들은 그것을 지키려고 할 것이고, 그러한 관행 때문에 불편함이 생긴 집단은 변화를 요구하게 될 것이다. 단지 그러한 행동양식이 현재의 시점에서 합리성과 필요성이 있느냐로 고려되어야 하는 사안을, 이익의 차원에서 접근하는 것은 발생원인적 분석에서 보면 비합리적이어서, 변화로 갈 수밖에 없을 것이다. 그것은 그러한 관행이 생기기 시작했을 때도 종전의 어떤 습관이나 관행이 있을 것이고, 그것이 그 시대의 필요성과 합리성에 의해서 현재의 관행으로 바뀐 것을 고려하면, 필요성과 합리성이 결여된 관행은 변화되는 것이 보편정서에 합당하다고 본다.

우리는 해방 후 가장 격랑의 시기에 두 개의 이념의 늪에서 허우적거렸고, 전란을 겪으면서 살아있음이 우선일 수 있는 필요에 의해, 일반적 가치를 초월해서 생존의 절대성과 합리성에 의해, 서로를 죽이는 그리고 죽여야 하는 행동이 합리성을 넘어 삶의 가치 모두였던 시기도 있었다. 그리고 시간이 지나서 스스로의 필요에 의해, 서로를 죽여야 했던 절대적 필요성이 점차 소멸되어 가면서, 함께 잘살 수 있으면 같이 살아 볼 수도 있다는 생각이, 서로를 죽도록 미워하는 것보다 합리적일 수 있다는 판단에서, 북방외교라는 명목으로 공산주의자들과 공존공영 하는 화해의 시대를 열었다. 이러한 변화는 반공과 멸공이라는 필요성이 '전쟁'이었다면, 조금은 불편할 수 있지만 전쟁보다는 평화로운 것이 합리적이라는 판단에 의해, '변화'된 것으로 봐야 할 것이다.

멸공이라는 가치를 20대 전후일 때 전쟁을 겪은 30년대 생들의 보편적 가치일 수 있고, 전쟁이 끝난 40년 후의 사회 중심세대로 볼 수 있는 40~50년대 생들의 입장에서는, 평화가 합리적이라고 생각해서 종전의 관행을 변화시켰다고 볼 수 있다.

이렇게 40년대 생들은 해방둥이들을 중심으로 한 자주와 자존의 세대일 수가 있다. 그것은 50년대 의무교육으로 그들은 대부분 한글에 의해 서구적 민주교육을 받아서, 이념이나 종교 편향적 가치보다는 우리 고유의 모두가 '하나'라는 그리고 '우리'라는, 보편 평등가치를 합리로 볼 수 있었을 것이다. 이들은 사대적 사고보다는 우리말 우리글로 받은 보편평등의 의무교육 덕분에, 해방 후 자주와 자존이라는 가치를 중요시했을 것이다. 그리고 이들은 문맹퇴치 세대인 30년대생들과는 현격한 차이를 보여서, 10~20%대 전후의 고급교육을 받을 수 있는 기회가 주어져서, 60~70년대의 산업화를 추진한 신진 엘리트그룹을 형성한 세대들이라고 볼 수 있다.

이들은 조선 초의 신진사대부 그룹과 비슷한 절대적 신흥엘리트 집단을 형성하고, 그들만의 특별한 차별적 사고가 가능했을 것이다. 그들은 우리 사회의 산업화를 이끈 주력 지도층을 형성했고, 자신들의 우월감이 문맹퇴치 세대들과는 다른 차별적 지성에 의해, 그들만의 동질성과 연대성에 의한 새로운 인맥을 형성했고, 그러함은 그들만의 연맥적 사고가 새로운 관행으로 갈 수 있는 여건이 되어 갔을 것이다.

차별에서 보편으로

• • •

　이렇게 우리 사회가 변모해 가는 해방과 전란의 세대에서, 해방의 자유로움과 이념의 혼란을 유소년 또는 청소년기에 맞은 세대도 있었고, 전후에 태어나서 가슴 벅찬 자유와 이념이 모든 것을 삼켜버린 시간을 벗어나, 가난과 배고픔을 그리고 전란의 뒷모습을 유·소년기에 보고 겪은 세대도 있었다.

　이들은 이념이 무엇인지도 모르면서 선행세대의 멸공과 괴뢰라는, 사회풍조가 만들어낸 관행의 포로가 되어 반공을 하늘의 명령 같은, 신성불가침의 가치로 받아들인 세대도 생겼다. 그들은 본적은 없으면서 본 것보다 더한 견고함으로, 가슴에 벽이 되어 버린 이념으로 동화되었고, 고등교육의 혜택을 받을 수 있는 기회도 20%대 전후로 상당히 개선되고 있었다.

　이들은 선배 세대인 40년대 출생의 신흥엘리트들과 산업화의 기틀을 안정화시킨 산업발전의 고급엘리트로 급성장했으며, 그들은 청년기를 산업현장에서 모든 것을 해결할 수 있는 능력자로 문맹퇴치 세대에게는 우상이 되었고, 이러함은 그들만의 자부심과 우월함으로 새로운 연대의식과 책임감 같은 가치가 만들어져 가고 있었다.

　그것은 모두가 불가능하다고 했던 제철공업을 포항의 모래사장에서 이루어 갔고, 선진국 엔지니어들이 불가능할 것으로 예측했던 서울-부산 간의 주요 물류인프라도 진전시켰고, 그들의 우상이었던 미국과 함께 인도차이나 지역의 전투에도 참여함으로, 자주국방이라는 새로운 자긍심도 가질 수 있어졌다.

그러나 엘리트그룹의 훌륭한 업적에서도 고급인력이 평균 10~20%대 전후에 머물러서, 그들만의 연대와 상부상조의 지성적 차별이 생겨날 수밖에 없었다. 그것은 고등교육을 받을 수 없었던 대부분의 그들 세대가, 그들의 판단과 결정을 존중하고 따라가는 사회적 지위나 품격의 다름에 의해서, 지난 세월 반상의 차별처럼 구분되고 있었기 때문이다. 4~50년대생들의 대다수를 차지하는 의무교육만을 받고, 일선에서 단순 노무업무나 기능 수준의 장시간 노동으로 3과에 시달렸던 이들은, 사회적 판단이 필요한 사안에 대해서는, 그들의 의견을 좇아갈 수밖에 없는 상황적 인식을 가지고 있어서, 가치의 선별기준에서는 엘리트그룹과 종속적 관계를 형성하는, 관행적 가치의존의 불가피한 사회상도 생기었다. 이렇게 현대 산업화 과정에서 3과에 시달리는 문퇴 세대와 고등교육을 받지 못하고 노동일선에서 묵묵히 일만 했던 서민들과 고급인력으로 산업화를 이끌어간 엘리트그룹인 사회 중견 지도층과는, 지성적 성숙도의 다름에서 오는 집단분리 경향이 생길 수밖에 없었다.

그러나 조금씩 발전의 성과가 소득향상으로 이어지고, 가족계획으로 부양가족이 줄어들면서 차츰 서민들의 자녀들도 고급교육의 기회가 주어졌고, 60년대에 태어난 사람들이 대학에 진학할 무렵인 80년대에는, 대학진학률이 선진국에 준하는 30%대에 진입하면서, 지성적 분별력이 보편화 되어가기 시작했다. 대학진학률이 30%대에 접어들어서 선진국 구조를 보였다는 것은, 사회적 가치판단의 형식도 선진사회의 수준으로, 향상될 수 있다는 가능성을 보여주었다는 것이 된다.

그것은 60년대 생들은 셋 중에 한 사람은 대학교육을 받았고, 그들의 초·중·고 동창들의 입장에서는, 사회적 가치판단의 조언을 듣거나 자문을 받을 수 있는 사람이, 친구 한 사람을 건너면 한 사람씩 있다는 것으로, 지성적 사고가 보편화로 갈 수 있는 여건이 조성되었다고 볼 수 있다. 이러한 변화는 젊은 세대들에게는 거대한 가치변화의 기회와 동기부여일 수 있고, 용기만 있다면 새로운 변화를 요구할 수 있는 추진력을 얻었다고 볼 수 있어서, 관행에서 변화로 갈 수 있는 토대가 마련되어진 것이다.

이것이 80년대에 산업화와 민주화를 이끌어 낼 수 있는 에너지원이었고, 그러함으로 80년대 학번의 60년대에 태어난 이들의 별칭인 86세대가 생겨난 구심력이 되었고, 그들에 의해 신흥고급엘리트에 의한 차별적 관행이, 보편과 평등으로 가는 변화를 이끌 수 있었다.

합리의 일상화

•••

60년대에 시작한 경제개발 5개년계획이 70년대까지 지속적으로 추진되면서, 70년대 후반에는 일 인당 국민총생산이 일천 불대를 통과하여, 4차 계획이 끝나는 80년대 초반에는 이천 불대에 근접했고, 80년대 말에는 오천 불대를 통과하는 산업화 성과에 힘입어, 80년대 평균 대학 진학률이 30%대 중반을 통과하는 선진국형 고급인력 양성기반이 완성되었다. 이러한 영향으로 종전의 10~20%대의 고급인력 공급 시기의, 차별적 지성에 의한 연맥적 가치개념이 동년배 친구들의 진학률 선진화에 힘입어, 중·고등 동창들을 연계한 지성적 분별력이 보편화되어 가면서, 차별적 연맥적 관행을 보편적·합리적 관행으로 변화를 요구하게 되었다.

이러한 현상은 사회변화에 대한 당연한 흐름도 있지만, 미래성 가치를 존중할 수 있는 개념적 바탕에 의해, 과거형 개념과 관행의 불합리성을 노출시켜, 86그룹에 의한 세대성 가치분리를 유도하는 계기로 작용하고 있었다. 이것은 통상적 표현인 86세대의 보편지성 엘리트들의 사회참여 숫자가, 40~50년대 생의 고급인력들인 신흥고급엘리트의 숫자를 초월하는 과정으로 전이되면서, 차별지성세대와 보편지성세대로 사회가치를 분별하고 판단하는 기준의 변화를 초래하게 되어, 관행적 가치와 합리적 가치로 분화하는 산업화 우선풍조와 민주화 우선풍조의 흐름으로 나타났다.

이것은 한자로 공부한 과거형 세대와 일본어로 학교과정을 거친 외세의존형 사대적 세대에서, 순수한글에 의해 독립된 민주국가에서 의무교육을 받은, 자주적이고 자부심의 긍지로 무장한 세대인 산업화 엘리트세대로 변환했고, 다시 보편지성 세대인 86세대로 이어지면서, 사대적 가치와 연맥적 관행의 산업화가치 우선세대, 그리고 보편지성의 합리를 요구하는 민주화가치 우선세대로, 사회적 가치가 다양화되는 세대별 가치분리가 뚜렷해지는 풍조가 생기게 되었다.

이러한 사회적 흐름의 변화는, 그들의 교육과정에서 생기는 환경적 영향에서 비롯된 것이지만, 사회문제에 대한 관점의 비교가 힘 있고 큰 나라 문화우선의 영향과 순수한글에 의한 현대적 교육을 받은 의무교육문화 영향, 그리고 선진형 보편지성 문화영향에 의한 서로 다른 성향을 나타내기 때문으로 볼 수 있다. 이러한 과정은 교육과 사회적 합리성의 변화에서 오는 지성의 확장과 연맥적 구조의 탈피를 위한 평등과 보편으로 관행의 변화를 요구하는, 옳음이라는 가치로 변모해 가는 과정일 수 있다. 사대적 힘의 합리에서 독립이라는 자주의 가치로, 그리고 연맥적 구조보다 옳음이라는 가치구조의 합리를 선호하는 민주적 사회가치가 우선되면서, 합리의 일상화로 가는 과정의 전이로 볼 수 있을 것이다.

그리고 세대별 다름에서 오는 관행에 의해 각각의 이익이 생기는 집단이 있을 경우, 합리가 일상으로 가는 과정에서도 이익 우선의 저항과 집단의식에 의한 연맥이 공통이익을 지키기 위해 결속하고, 제도적 관행을 이용한 집단적 거부로 나타날 경우 많은 사회적 비용이 발생할 수 있어진다. 이러한 것은 연맥적 이익을 고리로 하는 결속에서 비롯될 수 있는 저항일 수 있어, 이익을 우선하는 사회적 풍조, 즉 자본주의적 사고의 한계 때문에, 심각한 충돌로까지 발전할 가능성도 있을 것이다.

이러한 것은 세상을 보는 관점에 따라서도 많은 차이를 보일 수 있어, 예를 들면 보수와 진보라는 정치세력의 이익추구는 민주정부일 때 가능한 구분이지, 독재정부에서는 그러한 구분을 할 수 없다는 것과 비슷할 수 있다. 민주정부와 독재정부의 구분은 가능할 수 있으나, 독재정부가 보수정치세력이 될 수 없는 것과 같은 원리일 수도 있다. 독재는 민주를 수용할 수 없기 때문에 보수를 수용할 수도 없고, 진보는 민주로의 변화를 요구하는 것과 같을 수 있다는 것이다.

가치구조의 재편

• • •

우리의 해묵은 가치 혼란은 정치적 가치의 혼란에서 상당 부분 초래되는 것 같다. 그것은 87민주화 이후의 제6공화국부터 직선 민주선거에 의해 집권이 이루어져서, 정치세력들의 구분이 보수나 진보로의 분리가 선명할 수 있다.

그러나 제1공화국 12년과 제3, 제4공화국 18년, 그리고 제5공화국 7년의 37년 동안은, 독재정부로 평가되므로 독재와 민주세력으로 구분은 가능해도, 보수와 진보로 분별하는 것에는 문제가 있는 것으로 보인다. 즉 독재를 유지하려는 세력은 독재정치에서 어떤 편익이 있었기에 그러한 선택을 했을 것이고, 독재에 반대해서 민주적 정부를 원했던 세력은 독재적 방식에서 변화를 요구했다고 볼 수 있다.

그렇다면 집권의 연장을 원하는 세력은 수구일 수 있고, 민주정부를 원했던 세력은 변화로 볼 수 있어, 수구세력과 변화를 위한 진보세력으로 분류가 가능할 수 있을 것이다. 그래서 진보와 민주는 유사성을 인정할 수 있으나, 수구와 보수를 같은 유형으로 볼 수 있느냐의 분별의 문제가 있다. 그리고 37년간의 독재적 집권 관행에 의해 집권만을 목적으로 한다면 그들을 수구로는 볼 수 있으나 보수는 당연히 아닐 수 있을 것이다.

이러한 혼란은 현대적 정부형태가 일제강점기에서 시작되므로 강점정부로 볼 수 있고, 그다음 군정과 독재정부는 정치를 위한 정부보다는 지배를 위한 정부로, 지배의 연장에만 목표가 맞추어져 있었다고 볼 수 있다. 이러한 지배의 연장을 올바른 집권으로 볼 수 있느냐와 독립과 헌법이 정립되기 이전에 이미 이념이 고착되어 버려서, 정치가 이념의 볼모로 되어버린 상태를 정상적 정치로 볼 수 있느냐는 것이다.

만일 이러함을 동의할 수 있다면, 우리 정치의 뿌리는 이념에 갇혀 올바른 정치행위를 할 수 없는 상태로 볼 수 있어, 정치의 복원이 필요할 수도 있다는 것이다. 이렇게 지배의 연장에 정치가 맞추어져 있으면 지배를 위해 가장 유리한 방법을 선택하게 되고, 그것이 개헌이라는 합법성을 이용해서 지배를 시도하게 될 수 있다. 이러한 방법은 정상적 민주직선 헌법에서는 집권할 수 없는, 지도자로서의 자질부족을 스스로 인정한 것으로도 볼 수 있고, 정상적 정치가 이루어질 수 없는 상태로도 볼 수가 있어, 많은 국민적 저항이 있을 수밖에 없을 것이다.

그리고 가치구조의 측면에서 보면 60년대생 이전의 세대는, 신흥고급 또는 산업화 엘리트들에 의한 차별적 지성에 의해, 문퇴세대를 중심으로 한 서민들이 그들에게 가치판단을 의존할 수밖에 없는 연맥적 구조가 일반적 현상일 수 있다. 그러나 60년대 이후의 세대들은 선진형 지성의 보편화가 가능할 수 있어, 가치판단을 자문받을 수 있는 보편성이 강화되어 합리적 구조로의 변화가 가능할 수 있을 것이다.

그리고 출산율이 2명 미만으로 핵가족화된 80년대 이후 세대들은, 대학진학률이 80%를 넘어서는 등 통상 70% 이상으로 20년 이상 유지되므로, 합리에서 옳음으로의 가치구조로 바뀌어 가는 것으로 볼 수 있다.

이렇게 지성적 판단의 유형이 의존형에서 자문형으로 변화하고, 젊은이들은 가치중심형으로 변이되고 있는 것으로 본다면, 앞으로 의사결정의 영향은 관행에서 변화로 갈 수 있는 충분한 동력을 얻었다고 볼 수 있을 것이다. 우리는 일 인당 국민총생산이 3만 불대에 진입하여 선진화에 접근했다면, 지성적 가치판단이나 사고의 합리성에서 선진적 분별을 요구할 것으로 본다.

우리의 경제와 문화 수준이 선진국으로 갈 수 있는 단계에 근접했다면, 합리적 선진은 항상 새로운 길을 요구할 것이라는 관점에서, 신냉전시대에 임해야 할 것으로 본다. 지나간 정부수립 당시의 냉전체제에서는, 전승국이라는 타의에 의해서 모든 것이 결정되었다면, G2가 대립하는 신냉전체제에서 우리는, 냉전이라는 이념의 중심에 있고 지정학적 위치의 중심에 있으며, 미·중이라는 힘의 중심에 있는 가 보지 않은 길에서, 우리의 힘으로 뒷받침되는 우리에게 가장 합리적인 선택을 스스로 해야 할 것으로 본다.

5. BTS와 기생충

상상력이 과잉지성을 흡수

• • •

우리는 산업화와 민주화를 동시에 이루었다는 자만적 만용이 있었던 것은 아닌가? 살펴볼 필요가 있을 것이다. 그것은 87민주화와 88올림픽 그리고 89한글전용으로, 정치적, 경제적 그리고 문화적 역량을 국제사회에 선보이기 시작하고, 10년 후 국가적 재정위기를 맞고 IMF 구제금융시대를 맞았다.

우리 속담에 "10년이면 강산도 변한다"는 말이 있는데, 모든 가능성의 시대에서 절망의 시대로 가는데 꼭 십 년이 걸렸고, 또 그것을 회복하는 데 만 5년의 기간을 소용하여 잃어버린 10년의 시간이 되었다. 그것은 97년 말 IMF 구제금융을 받고 그 부채를 상환하고, 종전의 경제력을 회복하는 시점이 2002년이었기 때문이다. 일 인당 국민총생산이 97년 12,000불대였는데, 그것을 2002년에서야 회복했기 때문에 5

년이라는 시간이 소용되었고, 그해는 월드컵을 개최한 해이기도 해서 새로운 가능성의 한 해가 되었다. 88올림픽에서 4위의 성과를 이루고 국제사회에 우리를 소개했다면, 월드컵에서 4위를 함으로 IMF 시련을 완전히 극복하고, 저력 있는 나라로 세계에 인정을 받은 것으로 볼 수 있기 때문이다.

이러한 국가적 저력과 자신감은 정치적, 경제적 그리고 문화체육 역량과 국민적 시련극복 능력이라는, 사회적 저력도 세계에 선보이고 평가를 받는 계기가 되었다. 이러한 사회 전 분야의 내실 있는 성장의 흔적으로, K-팝과 TV드라마의 동남아 등 아시아권 시장의 진출과 공연으로, 한류라는 새로운 문화예술 장르를 창조해 냈다. 우리는 그동안 따라 하기는 잘했어도 창조적 분야에서는 이렇다 할 실적이 없는 상태였다.

IMF 시련을 이겨내고 월드컵의 성과를 이루었고, 일제강점의 식민압제와 한국전쟁이라는 인간성 말살의 고난도 겪었고, 헐벗고 굶주림의 시간에도 3과라는 인내와 열정으로, 그동안 혼란의 이미지에서 가능성의 저력을 유감없이 보여주므로, 우리의 민족적 역량인 사회적, 예술적, 문화적 바탕의 견고함과 풍요함을 실현할 수 있었다. 불과 50여 년 전에 민주정치와 경제재건을 바라는 것은, 쓰레기통에서 장미꽃이 피기를 기대하는 것보다 어렵다는, 불가능의 국가에서 어떻게 그러한 세계적 역량을 보여주었을까? 그리고 그곳에는 무엇이 있었을까? 살펴야 할 것이다.

그리고 IMF 시련 20년 만에 BTS와 기생충이라는 글로벌 최고의, 문화 예술적 성과를 우연의 결과로 볼 수 있을까? 우리는 산업화와 민주화 10년 후 IMF 위기를 맞았고, 그리고 10년 후 한류라는 예술성을 인정받을 수 있었고, 또 10년이 지나면서 세계 최고의 문화적 성과를 이루어 가고 있다. 그 한 세대 동안의 30여 년에 '무슨 일이 있었을까?' 의문을 가지고 그 시간을 살피면서 따라가 보자.

문화·예술적 변화를 자극할 수 있는 우리 사회의 시대적 변화는, 크게 몇 가지로 분류할 수 있을 것으로 본다.

가장 먼저 살필 수 있는 것은 89년 한글전용이라는, 문화적 고유성과 문화적 역량의 자긍심으로 볼 수 있을 것이다. 그리고 그동안 이념적 사상의 금지 구역이었던 공산권과의 수교와 남북한 유엔 동시 가입으로 북한을 준 국가로 인정했다는 것이다. 이것은 냉전이라는 국제질서의 영향으로, 세상의 반에 속할 수 있는 국가들과의 소통을 막았고, 그들의 이념과 사상을 금지했던 반세기 동안의 생각과 상상력의 영역을, 반쪽 세상에서 온전히 하나로 할 수 있는 정신적 억압에서의 해금으로 볼 수 있을 것이다.

그리고 또 하나의 우리 사회를 짓누르고 있었던 새로운 난제는, 고학력 청년인력의 취업전쟁을 불러와서 3포 세대를 만들어낸 사회 인문적 한계일 수 있다.

이것은 90년대부터 대학진학률이 급격히 상승하면서, 00년대에는 80%대에 진입해서 20년 동안을 평균 70%대 중반을 유지하는 관계로,

고급인력의 과반이 취업을 할 수 없어서 생기는 과잉지성의 정신적 고뇌가, 인문예술 영역으로 확장되면서 삶의 번뇌가, 새로운 문화예술의 창조적 에너지로 공급되었다는 변화로 볼 수 있을 것이다.

한글전용의 자주성 그리고 사상의 해금으로 창조적 상상력이 확장되면서, 무한의 과잉지성과 어울려서 글로벌 최고라는, 한 번도 가보지 않은 길로 우리를 문화를 이끌고 있다.

고유정서의 발효숙성

● ● ●

우리 현대사에서 우리의 역량을 표출한 상징적 업적으로, 한강의 기적이라고 불리는 88올림픽의 성공적 개최일 것이다. 이것은 전후 독립국 중 유일한 산업화의 성과를 세계에 과시한 이벤트로 볼 수 있다. 그리고 우리의 역량을 세계에 각인시킨 성과는 'BTS'의 음악적 성과와 영화 부분의 아카데미 작품상의 『기생충』이라는 영상예술을 녹여낸 문화적 역량일 것이다.

88올림픽은 30여 년 전에 땀으로 이룬 성과에 대한 자부심으로, 선진국으로 가는 많은 나라가 거쳐 가는 자기 과시적 성과로 볼 수 있는 경제력의 잔치로 본다면, BTS의 음악과 기생충이라는 영상 창작물은, 올림픽을 개최한 나라들이 모두 그러한 문화 예술적 성과를 이루었느냐는, 많은 다름이 있는 우리만의 성과로 볼 수 있을 것이다. 우리의 경제적 발전을 올림픽으로 증명했다면, 우리의 문화적 역량을 BTS와 기생충으로 세계에 인정받음으로, 경제적 정치적 선진을 넘어 문화적 선진으로 갈 수 있는 민족적 저력을, 세계인에게 공감받았다고 볼 수 있을 것이다.

이러한 성과를 이끌어 낸 우리의 지난 흔적으로, 이념의 벽으로 묶어 두었던 사상이라는 정신적 영역의 거대한 공간을, 창조적 상상력으로 채울 수 있게 한 이념의 해방을 들 수 있을 것이다. 그리고 그 넓은 정신적 영역을 한꺼번에 채울 수 있게 도와준 인문창의의 가능성을, 학문적 지성으로 공급한 대학진학률의 초과적 과잉지성으로 볼 수도 있을 것이다. 그렇지 않으면 정신적 영역의 거대한 공백을 어느 순간에 채울 수도 없었겠지만, 그 공간을 창의적 상상력으로 문화와 예술을 창조해 낼 수 없었을 것으로 보기 때문이다.

이것은 민주화 산업화 후 30년간을 취업을 못 한 과잉지성에 의해 초래된 삶의 고뇌와 정면으로 맞닥뜨린 젊은이들의 시련과 3포를 수용하고, 보편적 꿈의 상실을 포용할 수밖에 없는 그들의 가슴 아픔이, 새로운 인문으로 발효되고 숙성되어가는 비정함이, 화병을 불러올 것 같은 숨 막힘으로 다가오는 것은 어떻게 할까?

그렇다면 BTS와 기생충의 문화적 역량을, 이념해금의 상상력이 고급 초과인력의 과잉지성을 흡수해서 발효했다고 보면, 한글전용이라는 우리의 고유성은 어떤 기여를 했을까? 살펴보자. 한글전용은 우리의 고유 자긍심과 문화의 바탕 정서일 수도 있지만, 그 한글을 지켜낸 이들의 500년의 정서가 함께 녹아 있다고 보기 때문이다. 한글이 지켜지고 유지되어 오는 과정에서, 한글로 가슴 아픔을 전하고 한글로 가슴앓이를 치유해온 아림이, 민초들의 신분적 차별과 여성들의 삼종지도의 인간적 억울함이, 그들이 이어져 온 수백 년 동안을 함께 했을 것이기 때문에, 이러한 전래 정서의 농익음이 어떤 영향을 끼쳤을 것으로 보는 것이다. 이러한 고전적 고유정서의 아픔과 속앓이가, 헬조선이라는 청년들의 꿈을 앗아간 오늘의 현실이 삼종지도의 여성들의 화병과 비견되어, 3포의 꿈의 상실이 공유 적 공감으로 작용하고 있는 것으로 볼 수 있어서다. 그리고 그러한 공유적 공감이 상승 반응하면서, 새로운 문화적 창조로 발효되고 숙성되어 가는 과정일 수도 있다는 우려가, 우리의 문화적 우월성을 더욱 가슴 아프게 하고 있는 것은 어떻게 할까?

우리는 오랜 시간을 한자와 한글을 함께 사용해 왔다. 문자가 다르면 그 문자가 표현하는 생각과 가치도 다르고, 그 문자로 표현되는 말의 정서도 달라질 수밖에 없을 것이다. 그렇다면 한글이 가지고 있는 생각과 정서는, 한자로 표현된 우리 고래의 정서와는 다를 수 있을 것이다. 그렇다면 한글이 가지고 있는 우리의 정서는 500여 년을 서러움으로 보냈을 것이다.

농익은 은은함의 향

• • •

세상에는 많은 국가와 민족 그리고 부족들이 있고, 그들마다 고유한 그들의 언어가 있었고 그것을 문자로 표현하는 방식의 차이로 인해, 그들의 정서를 문자라는 기록으로 남긴 민족도 있지만, 문자로 기록하지 않고 입에서 입으로 말로서 전해오는 설화도 있을 것이다. 그것은 말은 있는데 그들의 문자가 없어서 기록으로 남기지 못하고, 말에서 말로 이어져 오는 전래 설화로 그들의 이야기를 남기고 전해지는 것일 것이다. 그들이 어떤 중요한 이야기를 꼭 남기고 싶다면, 가까운 부족이나 민족이 사용하는 글자를 빌리어와 기록으로 남기는 방법밖에 없었을 것이다. 이렇게 다른 나라의 문자를 배워서 다른 나라말로 그들의 이야기를 기록하게 되면, 그들의 언어가 가지고 있는 정서와는 다른 내용의 문자로 표현될 수도 있을 것이고, 그렇게 기록된 내용이 전해오는 과정에서 문자를 읽고 해석하는 느낌에 따라, 표현하는 정서가 달라질 수도 있을 것이다.

이러한 것이 그들의 고유정서가 서서히 변해가는 과정으로 볼 수 있고 그러한 세월이 오래 지속되면, 본래 그들이 표현하려고 했던 말의 정서가 많이 변질되는 것은 어쩔 수 없을 것이다. 그것은 다른 나라의 글자로 전해지기도 하지만, 그들의 고유한 언어가 문자로 표현되는 언어로 바뀌어 가게 되고, 그러한 것이 오래되면 본래의 말과 정서는 없어지고, 문자가 표현하는 정서와 말로 후대에 전해질 수 있을 것이다.

이러한 것이 그들만의 문자가 없는 민족의 비애일 것이다. 그것은 오랜 시간이 흐르면 그들의 정서와 말은 없어지고, 문자로 읽어서 표현되는 말로 변환되고 문자가 가지고 있는 정서로 느껴져서, 그들 고유 전래 정서가 사라질 수 있는 과정으로 흘러갈 수밖에 없을 것이다. 이러한 것이 민족성 소멸 또는 말살로 가지는 과정일 것이고, 이러한 과정이 다른 나라 다른 민족으로 동화되어 가는, 문자가 가지고 있는 문화의 힘일 것이다. 그렇다면 이러한 문자의 힘에 저항해 자신들의 언어와 정서를 지키는 것이 얼마나 어려운 것인지를 알 수 있을 것이고, 그러기 위해서는 자신들의 정서를 고스란히 느끼고 표현할 수 있는 그들만의 문자가 있어야 함은, 너무도 분명해 질 것이다. 그리고 그러한 문자가 없으면 자신들의 전통적 고유 정서는 서서히 없어져 가고, 거기에 따라서 말도 서서히 변질되어 가는 과정으로 가게 되면, 그것이 문화의 변질과 동화 또는 소멸로 볼 수 있을 것이다.

우리는 지난 역사의 2,000년 이상을 한자로 기록해 왔고, 그래서 많은 언어가 한자로 동화되고 전래의 우리 정서가 변질되어, 우리의 고유성이 훼손될 수 있는 위기가 상당 기간 있었다고 본다. 그것은 한글을 창제·반포하고서도 500여 년을 한자로 기록하여온 세월의 길이만큼, 한글을 지키려고 애쓴 이들의 고통과 애환이 절절히 느껴질 수 있고, 우리를 지키고 우리의 가슴을 지키려는 의지가 얼마나 큰 것인지도 느끼게 하고 있다.

일부의 지배층들과 사대부들이 한글의 뿌리를 없애려고, 한글 자료를 불태우고 한글로 기록하는 사람들을 형벌로 다스리는 등의 박해를 받으면서도, 그 오랜 세월을 이어져 오게 하고 그리고 일상에서 사용하여 고유정서와 말을 지켜온, 이들의 끈질긴 인내의 고통이 오늘의 우리 문화를 가능하게 했다고 본다. 500년이면 한 국가의 문자와 언어가 없어지고 새로운 문화로 갈 수 있는 오랜 기간을, 그것도 힘없는 서민들과 여성들에 의해 지켜졌다는 것은, 한글이 표현하는 정서에는 그들의 민족사랑 정서와 향토사랑 정서가 함께 곰삭아, 그들의 가슴에 스며지고 있다는 것이 될 것이다.

이렇게 민초들의 가슴 아픈 애절함이 농익어 우리 문화의 그릇이 되고, 광대마당의 멍석이 되고 사물놀이의 소리가 되어, 한류라는 문화의 향으로 스미고 녹아들어 우리의 가슴에 은은함으로 이어질 것이다. 지나간 500년처럼…!

보편감성을 자극

• • •

우리는 문화예술의 영역을 외부 선진문화에서 들여오고 영향을 받아, 사회 여러 분야에서 따라 해 보기도 하고 공감하기도 하면서 오랜 세월을 이루는 것 같다. 우선은 그것이 외국의 것인지를 느끼지 못할 만큼의 영향력으로 중화의 영향을 받았고, 개화기와 일제강점기에는 일본의 영향이 강압에 의해, 또는 다른 것이어서 관심이 있어서 받아들이고 따라 한 적이 있을 것이다. 그리고 해방과 전란을 겪으면서 서구의 문화가 그것도 미국 중심의 문화와 예술이, 새로움으로 또는 경이로움으로 받아들이고 따라 하면서, 그들을 동경하고 본받고 싶었던 시기도 있었다.

이러한 것은 힘의 논리에 의해 그들의 문자를 많이 알고 있는 것이, 능력이 되는 세태의 영향과 무관할 수는 없을 것이다. 한자로 기록해 온 시기와 일본문자를 공식어로 강요받은 시기도 있었고, 선진산업의 육성을 위해 영어를 제1외국어로 공식화하면서, 그들의 글자가 영향하는 힘에 의해 그들의 문화예술이 생활공간까지 들어와 있었지만, 누구도 그것을 우려하고 우리 문화예술을 걱정하는 것에는 부족함이 있었던 것은 아닌가 돌아보게 된다.

그러한 우리의 문화예술이 한류라는 이름으로 공연되고 상영되는, 시대적 변화를 굳이 생각해 보지는 못했을 것이다. 그러나 동남아시아권과 중동 그리고, 중앙아시아권으로 한류라는 흐름이 그들에게 받아들여지고 있었다. 물론 동아시아 한·중·일은 이웃이기에 상호적 영향은 있었을 것이고, 그것이 오랜 시간을 영향을 줄 수 있다고 생각하지는 않았을 것이다. 그러던 것이 중남미로 확산되고 아프리카와 유럽, 북미로 일부의 선호를 보이면서, 우리 문화예술의 흐름을 다시 보는 계기가 되었고, 그것은 BTS와 기생충이라는 놀라운 성과를 내면서 무엇이 그렇게 했을까를 돌아보게 된다.

동아시아는 같은 문화권이어서, 서로 영향을 받고 주는 이웃이어서

특별함을 느낄 수 없었지만, 동남아시아 그리고 중동과 중앙아시아는 문화와 습속이 너무도 다를 수 있어, '왜 그랬을까?' 하는 호감적 의문이 생기기도 한다. 그리고 중남미 지역은 위치적 거리도 너무 멀지만, 생활양식과 문화적 이해도가 너무도 다른데도 어떻게 그들을 공감으로 유혹했을까 하는 궁금함이 있다.

우리의 한글이 가진 정서에는 신분적 차별에 의한, 지배와 피지배의 문화적 벽이 한자와 한글로 구분되고 있는 것과 남성의 우월함으로 인한 여성의 낮춤이 신분적 차별을 넘어 지배와 피지배의 관계로도 느껴질 수 있음이, 500년을 억압과 압제의 인내로 이어져 온 정서가 한글을 지키고 이어지게 한, 감성적 공유로 볼 수 있을 것이다. 이러한 차별적 감성의 공감들이 한글전용과 우리의 산업화 민주화, 그리고 선진화에 힘입어 외부에 공유되는 것은 아닌가 한다.

그것은 동남아와 남미 등 대부분의 한류 초기 반향을 얻은 지역적 특성이, 모두 수백 년의 식민의 역사에서 차별과 수탈과 저항할 수 없는, 지배층 또는 제국주의적 억압에 기본적 인권과 정서가 무시되는 인내의 시간이 있었다는 동질감이, 우리의 서민과 지배층의 신분적 차별과도 유사함이 있기 때문이다. 그리고 중동이나 인도 등 신분적 차별이 있었던 문화권 영향이나, 남녀의 차별이 신분의 차별 또는 지배와 피지배층의 차별과 같을 수 있는 종교적 문화적 영향이 있는 지역에서, 인구의 절반인 여성들의 아픔과 인내 그리고 가슴앓이가, 우리네 어머니들의 화병과 같을 수 있는 공유적 공감이 작용했을 것으로 보기 때문이다.

그리고 그들 각 지역은 후진을 벗어나려 하던가? 아니면 개발도상에 있어, 우리의 지나간 아픈 정서의 시기를 그들이 현실에서 느끼고 있어, 공유 적 공감의 반향을 증폭시키는 것은 아닌가 하는, 가슴 아픔을 함께하는 동질적 끌림으로 이해할 수 있을 것이다. 이러한 환경적 영향은 일부의 지배층과 대부분의 피지배층의 식민지적 차별 정서가, 그리고 여성의 문화적 억압이 우리의 한글이 받아온 핍박과 우리의 민초들이 받아온 피지배의 압제와 그리고 우리의 어머니들이 받아온 삼종지도의 설움이, 겹겹의 가슴 아픔으로 그들과 함께 하는 것은 아닐까 한다.

제4장

동방의 등불

1. 촛불과 태극기

간절함이 여명을 호출

• • •

　사람들이 집단을 형성하고 살아가면서, 사회라는 공동체를 유지하는 방법으로 채택한 의사결정 과정을, 우리는 일반적으로 민주주의라고 부르고 있다. 그러나 민주주의는 의사결정 과정에서 민주라는 각자의 평등을 조건으로, 다수결을 존중하는 방식이어서 최종적 결과가 최선이라고 볼 수는 없을 것이다. 그것은 의사결정에 참여하는 사람들이 잘못 판단하고, 서로의 친소관계나 서로의 이익 공유관계에 의해서, 올바른 결정을 행사할 수 없는 경우도 있기 때문이다. 그것은 우리의 헌정 과정에서도 잘 나타나고 있다고 본다.

　우리는 민주적 헌법질서로 정부가 출범(48년)해서 약 40년이 흐른 후, 민주헌법이라는 직선제 개헌을 통해 민주화(87년)를 이루었다고 보는 것에서도, 그러함을 볼 수 있다. 민주주의가 최선의 방법이었으면 독재라는 과정을 막을 수 있었어야 하는데, 37년간의 독재를 막을 수 없었다는 것은, 민주주의가 차선의 방법이기는 하나 최선이라고 할 수 없기 때문이다.

이렇게 인류가 수백만 년을 살아오면서 공동체의 의사결정 방식을, 최선을 위해서 가장 합리적이라고 생각하는 방식이 차선의 민주방식이라는 것이다. 그것은 민주주의 의사결정 방식이 합리적일 수는 있으나, 지속적으로 개선이 필요할 수 있다는 것으로 볼 수 있을 것이다. 우리는 민주화라는 민중의 저항(6·10항쟁)에 의해, 현행헌법을 얻어내고 그것을 30년 이상 지켜왔다. 현행헌법으로 가기 위해 9번의 헌법 개정을 거쳤고, 그것도 6번은 독재자의 정권 연장을 위한 개헌을 민주주의 방식에 의해서 했다는 것은, 법적합리일 수는 있으나 결과적으로 보아서 최선은 아닐 수 있다는 것이다.

이렇게 보면 민주주의라는 제도는 결정방식보다, 운용방식이 중요하다고 볼 수 있을 것이다. 아무리 좋은 제도라도 그 제도를 운용하는 사람들이, 합리적이지 않은 방식으로 정부를 운용하는 경우 그것은 민주주의를 크게 훼손할 수도 있고, 진정한 의미의 민주발전을 저해할 수 있다는 것이 된다. 이러한 것은 정부를 운영하는 사람들의 의사결정 방식에서 연맥적 사고가 바탕이 되거나, 주요 의사결정을 위임받은 사람들이 그들의 이익을 위해 일부 집단이 의사결정을 왜곡하는 경우로 볼 수 있을 것이다.

현행헌법 제119조 제2항에 경제민주화 내용이 도입되었다는 것은,

자본주의 경제방식의 불평등을 제어하여 국민 삶의 질을 개선하므로, 국민품격의 평등을 유도할 수 있도록 하려는 시대적 의지를 표현한 것으로 보아야 한다. 그러나 현행헌법 시행 30여 년이 흘렀는데도 집권자들이, 자신들의 이익을 위해 정부의 기능을 일부 사적으로 활용한 사례도 있었고, 모든 사회적 신뢰의 바탕은 말보다 행동으로 보였을 때 실현될 수 있는데, 재난의 구조에서 올바른 대처를 하지 못해 국민의 신뢰를 상실하는 등, 국민들이 피와 눈물로 얻어낸 민주헌법 질서를 심각히 손상하는 사례가 발생하면서, 촛불을 들어 여명을 밝히는 국민적 저항을 불러오게 되었다.

이러한 것은 그동안 우리 국민의 민주적 지성의 향상과 보편화를 살피지 못하고, 집권자와 의사결정 참여자들의 구시대적 연맥과 이익 우선의 산업화적 사고 때문으로 볼 수 있다. 40~50년대에 태어난 사람들은 60~70년대에 대학교육을 받았을 것인데, 우리의 대학진학률이 80년대에 30%를 넘어 선진화된 것을 보면, 60~70년대에는 10~20%선에 머물렀을 것이다. 이렇게 일부의 사람들에게만 고급교육의 기회가 제공되면, 그들만의 연대와 연계구조가 형성될 수밖에 없고 그들은 산업화를 목표로 뭉쳤기 때문에, 서로의 연맥이 더욱 견고할 수 있는 그들만의 엘리트의식으로 차별화가 생겨서, 일반인들과는 다른 특권의식 같은 것이 생길 수 있다.

그러나 민주화 30년 후 우리의 대학진학률이, 근 20년 동안 70%대 이상으로 높아져서 성인들의 평균 대학진학률이, 30~40%대라는 것을 살피지 못함으로 볼 수 있다.

현재 우리 사회는 차별적 특권보다는, 보편적 평등을 요구하는 보편 지성의 일반화 과정에 들어선 것으로 보기 때문이다.

일상의 희망을 촛불에

●●●

우리가 선진국을 선망해서 추앙하고 따라 하고 싶었던 것은, 경제적 풍요함도 매우 매혹적인 유인 효과였지만 자본주의 속물로도 보일 수 있고 해서, 그것보다는 사회의 가치판단 구조가 안정되어 있다는 것이 훨씬 매력적일 수도 있었다.

그것은 우리 역사 500년을 선비라고 일컬어지는 유학의 심취자들이, 잘사는 부유함보다 "나물 먹고 물 마시고 팔 베고 누우니, 대장부 살림이 이만하면 족하도다." 하는, 예를 존중할 줄 알고 청빈함을 행하는 것을, 지성적 인품으로 존중하려는 풍조의 영향이었을 수도 있을 것이다.

선진국들의 안정적인 의사결정 구조를 희망했다는 것은, 그들만큼의 지성이 보편화되기를 원했다고도 볼 수 있다. 우리의 대학진학률이 80년대에 30% 중반으로 향상되고, 젊은 세대의 지성이 선진화되어 80년대 후반에 6·10항쟁으로 민주화를 얻음으로, 선진국형 정치구조가 안착할 수 있는 기틀을 만들었다고 볼 수 있을 것이다.

이렇게 세대별 지성화율, 즉 세대별 대학진학률이 30~40%로 선진국화되면, 의사결정에서 참조할 수 있는 대상이 세 사람이 모이면 그 중 한 사람은 흔히 말하는 지성인을 포함하고 있어, 가치의 결정이 훨씬 합리적으로 설명되고 이해될 수 있는 사회적 환경이 마련되었다는 것이 된다. 그러함에 의해 30년이 넘도록 헌법 개정 없이 민주주의 가치를 정착하고 있는 것으로도 볼 수 있다.

우리 헌정사 전반에 헌법 개정이 8번 있었던 것과 후반에는 한 번의 개정으로 선진국형 경제와 사회구조를 형성하고, G20이라는 그룹에 속할 수 있는 것을 보아도 알 수 있을 것으로 본다. 이렇게 선진국형 의사결정 구조를 갖는다는 것은, 국민의 지성화 수준이 민주적 의사결정 구조의 과반 참석에 과반 찬성이라는, 26%를 초과하는 지성을 갖추었기 가능한 것이다.

지성화율 25% 미만인 구조와 35% 이상인 구조의 차이에서 오는 의사결정 구조의 선진화를, 후진에서 선진 의식구조로 넘어가는 가치구조의 보편화로 본다면, 이것은 다른 사회구조로 가는 과정으로 어둠에서 여명을 열어주는 역할을 하게 될 것이다. 이러한 변화는 일상의 판단을 옳음으로 가게 할 수 있는, 희망과 같은 것이 되었다고 볼 수 있다. 이것은 25%의 지성화 사회는 4명이 모였을 때 3명이 담합할 경우, 의사결정 과정에서 왜곡을 합리로 추인할 수 있는 구조를 차단할 수 없기 때문이다. 즉 지성적 판단 25%는 관행이나 집단적 이익을 위해, 다른 2~3사람이 뭉치면 과반의 과반은 너무도 쉽게 달성될 수 있기 때문에, 옳음보다는 관행과 협잡의 가능성을 포함하기 때문이다. 물론 지성화율이 35%를 초과하여도 3명 중 2명이 담합하는 경우도 있을 수 있을 것이나, 그것은 오래지 않아서 지성적 옳음의 설득과 이해로 잘못된 판단이었음을 알게 되어, 그다음에는 그러한 착오를 벗어날 수 있는 요인이 될 수 있다는 것이다.

최근 20년간의 평균 대학진학률이 70%를 초과하는 결과로, 고급청년인력의 반수는 적당한 일자리가 보장되지 않는 부작용도 생기고 있어서, 이들의 의견도 합리적으로 받아들일 수 있는 정책 결정구조가 필요해 지고 있다. 그것은 08세대로 볼 수 있는 00학번 80년대 출생 청년들은, 00년대 대학진학률이 평균 80%에 근접하므로 최악의 취업난을 맞고 있고, 그래서 3포 세대라는 별칭이 생겼음도 참조할 필요가 있다. 통상 젊은 세대가 정치적 의사결정을 소홀히 하는 풍조도 있었으나, 3포의 절망감과 경제적 자립의 불가는 인격적 자립에 심각한 영향을 끼칠 수밖에 없어, 그들이 자신들에게 영향을 줄 수 있는 사회적 의사결정에, 적극적으로 참여할 수 있는 동기가 부여되었다고 볼 수 있다.

86세대의 선진적 지성과 08세대 젊은이들의 초과적 과잉지성이 우리 사회의 평균 지성화율을 선진국화하므로, 일상의 모든 일에서 그들의 의사가 반영될 수밖에 없는 가치적 희망도 여명이 되어 모두를 밝힐 것으로 본다.

소망의 빛에도 그림자가

• • •

옛말에 "삼인성호"라는 말이 있는데 그것은 사실 왜곡의 가능성을 보여줄 수 있는 한 예라고 볼 수 있을 것이다. 누가 시장에 호랑이가 나타났다고 하면 처음에는 모두가 믿으려 하지 않는다는 것이다. 그런데 또 한 사람이 같은 말을 하면 긴가민가 의심하게 되고, 그리고 또 다른 사람이 같은 말을 하면 그럴 수도 있겠다 하여 믿으려는 변화를, "세 사람이 모이면 호랑이를 만든다."라는 뜻이라고 한다. 그렇다면 세 사람 중 한 사람이라도 합리적인 이유를 들어 시장에 호랑이가 나타날 수 없음을 설명할 수 있으면, 사실왜곡은 방지할 수 있어진다는 뜻도 되고 세 사람이 같은 말을 할 때 듣는 사람, 즉 제4의 사람이 동조할 수밖에 없는 사정을 잘 나타내고 있다고 본다.

이것은 세 사람 중 한 명이 올바른 판단을 할 수 있으면 여론왜곡이 불가능하다는 뜻도 되고, 또 세 사람이 담합하면 제4의 올바른 판단을 할 수 있는 사람의 의견은 무시될 수 있다는 말도 되는 것이다. 이것이 지성화율 25% 미만의 여론 조작 가능성과 35% 이상일 때 여론왜곡의 불가능성을, 동시에 보여주는 사례로 이해할 수 있을 것이다. 그렇다면 우리 사회의 현안으로 떠오른 여론왜곡의 가능성은, 지성화율 25% 미만 세대에서는 가능하고 35% 이상 세대에서는 불가능하다는 것과 같은 뜻이 될 수 있다.

우리는 문화계 블랙리스트라는 연맥적 끼리관행의 불합리성과 비선

실세라는 비합법적 국정운영을 헌정질서 교란으로 보고, 많은 국민이 촛불을 들어 헌법 제1조 제2항의 주권재민의 권리를 행사해서 국민소환을 실현했고, 그것을 국회가 동의하고 헌법재판소의 인용으로 합리적 법질서 범위에서 4·19와 같은 결과를 얻어내면서, 단 한 사람의 사상자도 발생하지 않은 것을, 국민 지성화율 35% 이상에서 실현할 수 있는 선진적 의사결정으로 볼 수 있다.

그러나 이러한 합리적 법 집행의 합법적 결과에도, 그것을 수용할 수 없는 사람들이 생길 수 있는 것이, 현실에서는 불가피한 것이 될 수도 있다. 그것은 이러한 합리적인 절차의 집행에서도, 그동안의 오랜 관행과 연맥에 의해 발생되고 있는 이익이 있었을 경우, 그러한 이익을 지키기 위해 합리적 변화에 저항하여 수용할 수 없는 사례가 발생할 수 있다. 이러한 비합리적 이익을 지키기 위해, 흔히 말하는 가짜뉴스나 여론왜곡의 저항은 있을 수 있을 것이나, 우리 사회 지성화율의 세대별 차이에서 보면 25% 미만에서나 가능한 착오로 볼 수 있을 것이다.

지성화율 35% 이상의 86세대 이후의 많은 사람은, 삼인성호의 영향을 벗어날 수 있기 때문에 그러한 여론왜곡에 동의할 수 없는 것을, 선진형 의사결정 구조로 보는 것이다. 87민주화 헌법에서 정치적 합리를 요구했는데도 그것이 실현되는 데 30년이 걸려서, 촛불이라는 국민소환적 저항을 통해 무혈의 성과를 얻은 것은, 4·19의 정치적 합리를 요구하고도 60년이 걸린 셈이 되어서, 주권행사자의 지성화율이 얼마나 중요한지를 알 수 있게 하는 것이다.

그리고 87헌법에서 경제민주화를 헌법정신으로 도입했다는 것은, 그것도 4·19 후 근 30년이 되어서 정치적 합리가 실현된 것처럼, 최근에서야 국민 기본소득 문제를 모든 정당에서 동시적으로 논의되고 있는 것으로 보아, 그것도 상당한 기간이 흘러야 실제화될 수 있을 것으로 본다. 이것은 6·10항쟁이 정치적 합리를 요구했다면 촛불은 경제적 합리를 요구하는 것일 수도 있다. 물론 헌법정신으로 도입된 당연함이기도 하지만 그러함의 진행과정이, 고위공직자의 재산형성 과정의 합리성을 청문에서 요구하고 있는 것으로 봐서도 알 수 있을 것이다.

산업화시대 주요가치가 경제적 이익이었다면, 민주화시대 주요가치는 정치적 합리의 요구였고, 지성화시대의 주요가치는 경제적 합리를 넘어서 사회적 합리로 발전하게 될 것이다. 그것은 모든 사회구조에서 합리성을 요구받게 되는 것이고, 당장은 모든 이익과 재산의 형성에서 경제적 합리가 요구될 것이어서, 투기적 부동산 이익과 불공정 주식의 이익도 합리성을 증명하지 못하면, 지성적 수용에 제한을 받을 수 있다고 보는 것이다. 이것이 '우리'라는 고유성에 의한 옳음과 동등함을 모두에게 요구받는다고 봐야 할 것이다.

한 공간 한 시간의 포용

● ● ●

우리 사회의 시대정신은 정치적 합리에서 경제적 합리로 넘어서는 것 같다. 그것은 6·10항쟁이 정치적 합리를 요구했다면 촛불 저항은 경제적 합리를 요구하는 절차로 진입해서, 그 결과들이 비선실세에 의한 기업출연금의 비합리성을 사법적 판단으로 단죄되는 것에서도 볼 수 있다. 그리고 헌법정신으로 도입된 경제민주화의 개념도 그러하지만, 현재 많은 정치인과 정당들이 재난지원금도 기본소득의 관점에서 볼 수 있다는 변화도, 경제적 합리의 실현절차로 볼 수 있기 때문이다.

이것은 08세대의 취업기회 균등화 요구와도 상관될 수 있어, 그들의 합리적 취업이 보장될 필요를 기성세대가 수용할 방안을 찾아야 할 것이다. 왜냐하면, 현재의 취업 불공정성들이 채용비리라는 이름으로 사회문제가 되고 있고, 이러한 채용비리들이 부모세대의 연맥적 상부상조의 품앗이 같은 현상을 보이고 있어, 경제적 합리가 침해받는다고 볼 수 있기 때문이다.

그리고 이러한 취업의 불균형을 초래한 원인도, 기성세대 또는 그들 부모세대의 교육과 산업정책 및 고용노동 정책의 잘못에서 파생된 결과로도 볼 수 있어, 이에 대한 잘못 인정과 사과가 선행되어야 08 이후 세대의 불만을 누그러뜨릴 수 있을 것으로 보고, 그래야 그들도 새로운 취업방법을 찾을 수 있는 심리적 여유와 아량이 생길 수 있을 것으로 보기 때문이다. 이렇게 정치적 합리에서 경제적 합리로 시대적 지성의 준범이 바뀌어 가고 있는 것도 수용이 필요하지만, 산업화 시대의 이익우선 가치에서 민주화 시대의 합리우선 가치로의 변화도 포용하여야, 우리 사회가 이익을 넘어 선진으로 갈 수 있는 길을 열 수 있을 것으로 보는 것이다.

이것은 우리 시대의 문맹퇴치 세대에서 지식세대로 그리고 08세대로 대표되는 지성 화세대로, 새로운 희망을 찾을 수 있는 여명이 되기를 바라는 마음도 있기 때문이다. 우리는 '우리'라는 고유성을 살피어 옳음과 평등을 실현하려 했기에 촛불을 들었고, 그러한 변화를 수용할 수 없어 태극기를 들었을 수 있을 것이다. 그러나 모두가 우리이고 그리고 하나인 대한민국일 수밖에 없다. 광화문과 서울역에서 서로의 뜻은 달리할 수는 있었지만, 모두가 우리를 위함으로 수용하고 포용하는 것이 우리라는 고유성으로 볼 수 있다. 똑같은 시간대 서로 다른 장소에서 몇 년을 다름으로 보였어도, 결국은 하나일 수밖에 없는 우리로 한 공간 한 시간으로 포용해야 할 것이다.

그것이 우리의 고유성인 '나를 우리'라고 하는 우리의 정서이고, 한 민족 한 공간의 공유적 공감이기 때문이다. 우리는 전란의 3년 동안을 그리고 전후 복구의 절망과 혼란에서, 특파원 외신기자의 눈에 그리고 유엔한국재건위원회의 보고서에서, 한국의 실상을 '쓰레기통'으로 보았고 그곳에서의 희망을, '쓰레기통에서 장미꽃이 피기를 기대하는 것과 같다'는 절망으로 볼 수 있었던 적도 있었다.

그리고 그들이 그렇게 부정적으로 보기 20여 년 전에, 한국을 '동방의 등불'로 본 인도의 시인도 있었음을 살펴서, 우리의 가능성을 새롭게 할 필요도 있을 것이다. 국론 분열의 '촛불과 태극기'에서 그리고 '헬조선과 3포'의 절망에서도, 우리의 지성화 역량이 세계 최고수준으로 넘쳐나고 있다는 것은, 그러함의 흐름이 BTS와 기생충을 선보였고 세계 10위권 전후의 경제력으로, 쓰레기통에서 풍요와 문화의 꽃을 피울 수 있었다. '일찍이 아시아의 황금시대에 빛나던 등불 하나인 코리아, 그 등불 다시 켜지는 날에 너는 동방의 찬란한 빛이 되리라'는 타고르의 그러한 소망으로, '코리아여 깨어나소서.'의 그의 기원으로, 우리는 촛불을 들어 여명을 밝혔고 그 불들이 모여 등불로, 동방의 찬란한 빛으로 우리를 안내할 것을 기대해 본다.

독재에 과감히 맞섰던 86세대의 도전과 용기가 힘이 되고, 08 이후 세대의 세계 최고 지성화의 역량이 500년 민초의 인내와 500년 어머니의 가슴앓이가 발효되어, 우리를 밝히는 빛으로 숙성되어 헬조선과 3포를 보듬을 수 있는 지혜로 스며나기를 기대해 본다. 그리고 타고르의 동방의 등불로 우리의 촛불이 승화되기를 기도해 본다.

2. 코로나 19 전과 후

절대비교의 보편 낮음

• • •

우리는 60년대에 경제개발 5개년계획이라는 잘살아 보기 위한, 국가적 프로젝트(project)를 총력을 다 해 추진하였고, 90년대까지 7차에 걸쳐 35년간 시행한 적이 있다. 이러한 잘살아 보기 위한 산업화 계획은, 이미 잘살고 있는 서구 선진국과 같은 삶을 희망해서, 그들의 산업화 과정을 따라 해 보는 과정으로 해야 하는 모델이 있었기에, 부지런히 쉬지 않고 빨리만 하면 가능할 수 있는 프로젝트였다.

우리가 선진국 따라 하기를 시작했을 때는 그들과 우리의 격차가, 100년 이상의 차이가 있어 너무도 큰 격차로 따라갈 엄두를 낼 수 없는 간격이어서, 그들이 했던 것처럼 그들의 산업화 기간에 맞추어 가는 것은, 영원히 따라갈 수 없는 아득함이었다.

그 아득함을 줄이기 위해 선택한 방법이 그들이 쉬었을 때 쉬지 않고, 그들이 휴가를 즐기고 휴일을 쉬고 할 때 우리는 휴가나 휴일이 거의 없는 강행군을, 24시간 365일 계속되었고 그것도 '빨리빨리'라는, 새로운 사회 풍조를 만들어 가면서 따라갈 수밖에 없었다. 그렇게 했어도 그들을 따라잡을 수 있다는 보장 같은 것은 없이, 그냥 조금이라도 잘살아져서 자녀를 공부시키고 밥을 먹일 수 있기를 기대하면서, 무턱대고 따라갈 수밖에 없었다.

그러다 보니 산업현장의 서민들은 잠자고 밥 먹는 시간 외는 항상 일만 할 수밖에 없었고, 그것도 '빨리빨리'에 시달리다 보니 집은 숙소가 되어 버렸고, 아이들이 커가는 과정을 느끼고 볼 수도 없는 세월로 일만 할 수밖에 없었다. 이러한 생활은 아버지라는 개념이 실종되어 버리는 자녀들과의 분리가, 새로운 가정문제 사회문제로 생기고 있었고 잠든 모습을 보고 출근해서, 자고 있는 모습을 보면서 퇴근하는 일찍이 없었던 생활사가, 자녀교육에 상당한 후유증으로 남겨지고 있었지만, 잘살아 보려는 욕망과 열망에 의해 잊히고 있었다. 이러한 자녀나 가족의 얼굴을 언제 보았는지를 모를 정도로 일만 했어도, 그들을 따라갈 수 있는 것은 꿈같은 안갯속의 목표였기에, 그냥 조금이라도 잘살아지면 그것으로 만족하고 있었다. 이러한 과정이 30년을 넘어가면서 그들과 같아진다는 것은 꿈에도 생각해 보질 못했고, 우리는 언제나 후진이었고 그리고 열심히 해서 조금 앞으로 갔다 싶으면 개발도상국이었고, 그리고 수십 년을 아이들 커가는 모습을 잊어버리고 일만 했어도 중진국 정도였고, 언제나 선진국은 꿈같은 희망일 뿐이었다.

그러할 수밖에 없었고 그러함을 숙명처럼 받아들일 수밖에 없었던 것은, 1인당 국민총생산 1만 불 시대를 맞자마자 국가부도 상태인 IMF 구제금융시대로 접어들었고, 모든 직장이 문을 닫고 구조조정을 하고 대량해고라는 절망의 시대를 맞았기 때문이다. 우리의 속담에 "뱁새가 황새 쫓아가려면 가랑이가 찢어진다."라는 말이 있다. 우리는 그것이 무슨 말인지를 절절히 배웠고 그래서 더 이상 쫓아가면, 간격을 좁힐 수 있는 것이 아니고 죽을 수도 있다는 것을 경험하게 되었고, 그만큼만 조금 잘살아졌으면 그렇게 살 수 있는 것으로 감지덕지했는지 모른다.

그리고 죽는 것보다는 가랑이가 찢어지는 것보다는 조금 부족하더라도, 만족할 줄 아는 여유와 행복을 가져보려고 욕망과 열망을 접어둘 수밖에 없었다. 그래서 선진국은 언제나 꿈같은 그리고 바라만 보는 희망으로 남겨두고, 새로운 소소한 행복을 찾아 작은 것에 만족하는 것을 연습하고 있었고 그렇게 가고 있었다.

그러나 30년이 넘도록 빨리 쉬지 않고 부지런의, 세 가지 과함이라는 '3과'에 등 떠밀려온 과속의 관성으로, 우리도 모르게 그냥 그 가속도에 못 이겨 상당한 거리를 그냥 밀려가고 있었다. 우리가 목표 했던 곳으로…!

모든 표본의 상대비교

●●●

우리는 일제강점기를 맞으면서 그들의 부당하고 비도덕적인 압제를, 어디에 설명하고 호소하고 해서 그러한 압제를 벗어나고 싶어 했다. 그 래서 서구 선진국에 사람을 보내고 그리고 그들에게 우리의 실상을 알리고 싶어 했고, 그러함을 서방에 알리려고 특사를 파견했다는 것을 빌미로 국왕이 폐위되는 불상사도 겪었다.

그러나 세계 1차 대전이 있었고 전후 처리과정에서 선진강대국들에 의해, 전후 후진약소국들의 문제가 재단되고 정리되는 협상의 힘을 보면서, 선진국이 되지 않고서는 일제강점의 부당함을 알려서, 자주와 독립으로 가는 것이 어렵다는 것을 알게 되었고, 그것이 선진국을 더욱 열망하게 했을 수 있다. 그리고 3·1만세운동 후 임시정부가 수립되면서 선진 강대국이라는 힘을 더욱 절감하게 되어서, 100여 년을 선진국이 되고 싶어 했는지도 모른다. 그러나 선진이라는 '말' 그리고 선진국이라는 '나라'는 모두를 앞서가는, 누구도 가 보지 않은 길을 모험과 용기로 갈 수 있는 '나라'라는 뜻이 될 수도 있어, 길이 없는 곳에 길을 내면서 앞으로 가야 하는 고난의 길인 것은 모르고 있었다.

그리고 선진이 있어서 후진국도 있고, 중진국도 있으며 개발도상국도 있다는 것을 알게 되고 결국, 선진은 가장 어려운 길을 많은 시행착오를 거치면서 외롭고 힘들게 개척자의 길을 가는, 그리고 고난을 스스로 맞고 앞으로 갈 수밖에 없는 것이 선진의 길이라는 것도 알았다.

그러했기에 그들과 비교하려면 언제나 낮음을 솔선해서 인정하고, 스스로 낮음을 그들 앞에서 몸으로 실현하면서 부러워할 수밖에 없는, 절대 비교에서는 불가능의 영역으로 알고 있었다. 그러나 2020년 코로나 19라는 누구도 가보지 않은 길을 서구 선진국들도 맞게 되었고, 후진국 중진국들도 모두가 피할 수 없이 함께 바이러스 감염에 대처하게 되었다.

물론 서구 선진국들은 흑사병이라는 전염병을 맞아 막대한 인명 손실을 경험한 사례가 있었고, 스페인 독감이라는 감염증도 맞아본 경험이 있어 그때처럼 그렇게 관행대로 대처하고 있었다. 그러나 우리는 일부 지역적 또는 지방단위의 전염병에 대처 경험은 있었지만, 전 국가적 동시성의 감염증에 대처를 해 본 경험이 없어서, 어떻게 대처해야 하느냐의 새로운 모험을, 스스로 결정하고 스스로 가보지 않으면 알 수 없는, 수많은 사람이 죽어가는 공포와 공황상태에 빠져들고 있었다.

선진국들도 코로나 19는 처음 겪어보는 감염원이어서, 지나간 전염병 대처방법을 답습해서 국가와 사회의 모든 기능을 정지시키고, 모든 국민의 외부출입을 금지하는 세상의 모든 움직임을 정지시키는 방법밖에, 적절한 대처방법을 모르고 있었고 그래서 그렇게 하고 있었다. 그러나 그것이 합리적인지는 아무도 모르는 것이 되었고 그것은, 그러함의 결과를 알려면 상당한 시간이 흘러야 옳고 그름을 알 수 있는, 진정한 의미의 선진들이 겪어야 하는 과정이었기 때문이다.

그래서 그들을 따라 할 시간적 여유도 없었고 그들의 방식으로 하면, 우리는 모든 경제기능이 정지되어 국제적 유통으로 살아가고 있는 우리의 실정에서, 그것은 죽음으로 가는 길일 수밖에 없어서 우리들만의 새로운 길을 모색하는, 모험의 길로 등 밀려가고 있었다. 그것은 어떻게 대처하는 것이 옳음인지의 평가가 있기 전의 과정이어서, 모두가 결과가 나와야 잘잘못을 알 수 있는 것이 되어서 우리가 생각해서 옳다고 하는 방법으로, 누구도 가보지 않은 길인 선진들의 길로 들어서고 있었다.

그리고 그 길에서의 평가가 세상 모든 나라와 비교하게 되었고, 각각의 대처가 무엇이 옳았는지를 각자 시행착오를 거치면서 결과로만 평가되고 있었다. 그러나 다행히도 선진의 길로 들어선 우리의 선택이, 기존 선진국들의 호평을 받는 과정에 접어든 것으로 보인다.

다름의 객관화 입증

• • •

코로나 19의 대응방법으로 선진국들은 모든 활동을 중단하고 움직임을 최소화하는 방법으로 대처했고, 우리는 경제활동의 제한을 최소화하면서 방역수칙을 철저히 지키는 방법을 선택하는, 한 번도 가보지 않은 길을 모험적으로 시험해 보았다. 그리고 그것이 옳은 방법인지는 아무도 몰랐고 그렇게 하는 것이, 한국의 입장에서 가장 합리적이라고 판단해서 그렇게 가고 있었다.

그리고 수개월이 지난 후 선진국들은 경제적 피해가 너무 심해지면서, 활동제한을 경제회복에 연동하고자 상당 부분 해제하면서 방역수칙을 강화하는 방향으로 전환하였고, 우리는 활동제한을 조금 완화하여 경제적 영향을 줄이면서, 방역수칙을 세분화하여 시민의 자발적 참여로 전환하였다.

그러한 결과가 2020년 10월 하순 초입 통계에서, 한국은 발생 약 25,400명에 사망 약 450명으로 집계되었으나, G7 국가 중 최고 발생 약 820만 명에 사망 약 22만 명, 최소 발생 약 93,800명에 사망 약 1,670명이라는 비교할 수 없는 성과를 거두었고, 경제적 피해 또는 회복 가능성에서도 매우 양호하여, G7을 상회하는 예측들을 세계 유수의 조사평가기관에서 발표하여, 우리의 방역방식을 매우 효율적인 결과로 평가받음으로 세계 많은 국가의 모델로 제시되었다.

이러한 집계치는 G20 국가 중에서도 최상위 평가를 받았고, OECD 국가 중에서도 상위그룹으로 평가되는 실적이어서, 우리의 방역대처 역량이 그동안의 선진국을 앞서는 결과가 나왔다고 볼 수 있다. 우리는 그동안 모든 선진국에는 비교할 수 없는 부족함이 있는 것으로 생각하고, 늘 그들을 배우려 했고 우리를 향상 낮추려는 겸양을 보이려 했고, 그것이 관행화되어 있었는데 코로나 19 방역에서 그렇지 않음을 보고, 스스로도 의아할 수 있었고 다른 나라들의 찬사에 기쁘면서도, 어리둥절한 엉거주춤의 자세로 우리를 다시 보는 계기가 되었다.

코로나 방역에서 우리가 선진국과 나란히 할 수 있는 역량을 보였기에, 우리도 선진의 가능성을 조심스럽게 내다볼 수 있게 되는 성과를 거두었다고 볼 수 있다. 그동안 우리는 언제나 후진이었고 그리고 언제 중진을 벗어날까 기다렸는데, 얼마 전 일 인당 국민총생산 3만 불을 달성(2018년)해서 경제적 선진화의 가능성을 확인했고, 촛불이라는 국민적 저항으로 합리적 법절차에 의해 정권도 바꾸어내는 정치적 선진화도 경험하게 되었다. 그리고 2019~2020년의 BTS와 기생충이라는 음악과 영상예술에서 범세계적 평가를 받음으로, 문화적 선진화의 길도 열었다고 볼 수 있을 것이고, 코로나 19의 방역에서 사회적 역량도 세계적 수준으로 평가받는 성과를 이루어서, 명실공히 선진화 물결에 합류하는 저력을 보였다고 볼 수 있을 것이다. 그러면 우리는 과연 무엇이 달라서 전후 독립국 중에서 유일하게, 올림픽 성과도 이루었고 정치, 경제, 문화, 사회적으로 중진국을 넘어 선진으로 진입할 수 있었을까?

그 다름을 한번 살펴보는 것도 그동안의 시련과 인내의 보상이 될 수 있을 것이니, 되돌아보는 여유를 가져보면 어떨까 한다. 과연 누구도 가보지 못한 선진의 길에 접어들 수 있는 우리의 다름은 무엇이고 어떤 것일까? 전후 독립국 중 가장 다른 것은, 최근 20년간의 대학진학률이 70%를 넘어서는 현상을 보여, 1980~2019년까지 40년간 평균 지성화율(교육개발원자료 및 최근 동향)이, 50%대 후반에 이른 것이 세계적 유례가 없는 가장 큰 다름일 수 있다.

그리고 우리는 그러한 교육을 뒷받침할 수 있는 우리만의 문자인 한글로, 모든 국민을 선진화로 이끌어주는 문화적 자주와 자존을 이루었다는 것일 수 있을 것이다.

그리고 또 하나의 그들과 다름은 우리만의 고유성인, '나를 우리'라고 하는 공동체 우선의 지혜를 민족사 오천 년 동안 이어왔다는 다름일 것이다.

절대비교 표본의 신뢰

• • •

우리는 현대사 오랜 기간을 언제나 선진국을 선망했고 우러러보았다. 그리고 그들은 우리가 범접할 수 없는 영역에 있는 꿈같은 이상의 영역으로 구분해 두고, 그들을 배우고 싶어 했다. 그것은 과거 천여 년 이상을 중화를 선망하고 사대한 것과 같을 수 있다. 현대 이전의 문화와 문명은 모두 중화를 통해 받아들였고, 그래서 그들의 문화를 존중했기에 한자를 공식문자로 사용한 것과 같은 이치일 수 있다.

그렇게 선진문화를 추앙만 해 왔는데 코로나 19라는 범세계적 위험을 맞으면서, 선진 모든 나라와 중·후진 모든 국가가 같은 시기에 같은 문제를, 각자의 역량으로 대처해야 하는 피할 수 없는 상황을 맞았다. 그리고 그들은 각각 그들의 방법으로 그들이 가장 합리적이라는 방식으로 대처했고, 우리는 모든 선진국을 앞서거나 혹은 대등하거나 버금

갈 수 있는 역량을 보였고, 그들도 역시 그렇게 평가하는 결과를 얻고 있는 것 같다.

지금까지 선진국과의 절대비교에서는 우리는 항상 낮음을 스스로 인정했던, 지나간 생각을 바꿀 수 있는 기회적 효과로 나타났다. 그것은 우리가 모든 선·후진국과 동일한 사안을 비슷한 시간대에 모두가 같이 해 보는, 시험과 같은 것을 처음 치러보게 된 것이어서 기회적 효과로 표현했고, 그 결과인 시험평가 채점표를 받아본 결과가 상위권임을 확인할 수 있었기 때문이다.

이제는 세계 여러 나라와 일제고사에서 받아든 성적표를 인정할 수밖에 없고, 그래서 앞으로 어떤 국가와의 부문별 사안별 비교에서, 우리의 능력을 절대비교에서 상대적 낮음이 아닌 대등할 수 있음을, 그리고 경우에 따라서는 낮을 수도 있으나 높을 수도 있다는 가능성을 입증한 것으로도 볼 수 있어, 우리 자신을 믿을 수 있는 기본적 지표가 정립되었다고 볼 수 있어졌다.

이것은 우리 자신을 재평가하고 우리를 높일 수 있는, 무한의 에너지를 얻었다고 볼 수 있을 것이다. 그리고 이러한 국민적 역량은 어디까지 무엇을 할 수 있고, 무엇으로 보일 수 있을까 하고 살피게 된다. 코로나의 대유행이 시작되면서 대부분의 나라에서 국경을 폐쇄하거나, 생필품 매장에서 재난구호성 상품들이 싹쓸이 된 상황을 연출했으나, 우리는 그러함을 보여주지 않고 코로나 19를 적절히 대응하고 있음에서도, 그러함의 바탕에 우리의 국민적 정서나 능력이 뒷받침되는 것으로 볼 수 있을 것이다.

그렇다면 국경봉쇄라는 극한의 처방을 선택하지 않았었고, 생필품 매장의 싹쓸이도 생기지 않을 수 있는 것은, 우리 국민의 지성적 판단에 의한 대처능력과 공동체를 우선하는 우리의 민족적 지혜가, 그 뿌리에 있는 것으로 볼 수 있을 것이다. 국경폐쇄라는 극한을 피하고 나만 살자고 생필품 싹쓸이를 절제한 지혜는, '나를 우리'라고 하는 공동체 우선의 민족고유성과 지성화율 세계 최고수준을 들 수 있을 것으로 본다.

그리고 우리의 속담에 "말이 씨가 된다."라는 말이 있다. 이 말은 늘 자주 사용하는 말이 그렇게 행동하도록 마음을 부추긴다고 볼 수 있어서, '나를 우리'라고 하는 공동체 우선의 지혜를 우리의 말이 우리의 정서를 유지시키고 있다고 보는 것이다.

그리고 그 말을 우리의 글이 지금까지 유지할 수 있도록 지켜주고 있다고 보는 것이다. 한글이 없었으면 '우리'라는 말이 없어질 수도 있어서, '나를 우리'라고 하는 민족정서도 사라질 수 있다는 뜻이고, 한글에 의해 모두가 동등한 '앎'을 가능할 수 있게 했다는 것이다. 만일 우리가 백여 년 전처럼 한자를 사용했다면, 지배층 또는 지도층과 한자를 모르는 민초들을 하나로 묶어내어, 국난을 함께 대처할 수 있었을까 하고 의문을 갖기 때문이다. 우리의 정서는 우리의 말과 우리의 글이 지킨다고 본다.

3. 전후세대와 선진세대

땀으로 이룬 풍요

• • •

우리는 해방과 전쟁을 겪어보지 못한 세대를 전후세대라고 하고 그들 중에서 대학진학률이 30%를 초과하여, 선진국형 지성화율을 보이는 세대를 선진세대라 할 수 있을 것이다. 이들을 이렇게 구분 하는 이유는 선진국형 지성화율을 보이는 대학진학률 30~40% 세 대가, 우리가 흔히 말하는 86세대에 해당되기 때문이고, 지성화율 30% 미만의 전후세대를 흔히 BB세대, 즉 베이비부머 세대라고 하 기 때문이다.

그래서 선진세대는 86세대가 대표하고 전후세대라고 하면 BB세대 를 말하는 것으로 볼 수 있다. 그래서 BB세대는 산업화 시대의 마지 막 세대로 볼 수 있고, 86세대를 선진화를 견인하는 초입세대로 민 주화를 달성한 세대이기도 하다. 그러나 민주화나 선진화는 산업화를 토대로 한 발전의 산물로 볼 수 있어, 지성적 가치에서 보면 인본에 바탕을 둔 민주화가 중요한 가치일 수 있고, 경제적 관점에서 보면 자본에서 기인한 산업화가 삶을 풍요롭게 하는 중요한 가치일 수 있을 것이다.

산업화의 뿌리인 자본도 민주화의 에너지인 지성도, 그들 부모세대의 밤낮을 가리지 않은 땀의 결과에서 나온 산물이고, 그들의 희생에 의해서 만들어진 교육의 효과로 볼 수 있다. 그들은 자본형성을 위한 노동과 교육비 마련을 위한 특근 또는 연장근로가 이중의 부담이어서, 이 둘을 충족할 수 있는 노력들이 결국은 3과에 매몰되어 24시간 365일 일하는 것이었다.

그렇게 땀 흘려도 산업자본 축적을 위한 저임금에서 최소생계비를 제외하면 여유가 없었다. 그래서 BB세대 평균 출산율 6명 전후를 70년대 초에 1/3을, 그리고 70년대 말에 1/2로 줄이는 가족계획으로 가구원 수를 줄여, 생활비를 축소시키므로 교육비를 마련하고 그것으로 자녀들 교육을 시킨, 산업화 1세대의 희생으로 가능하게 된 것이다. 그래서 산업화세대는 절대 자부심을 가지고 있으나 지성화율이 10% 미만이었고, 전후세대인 BB세대도 20~30% 선에 불과해서 가치판단의 합리성이, 연맥적 감성으로 간혹 왜곡되는 사례도 발생될 수밖에 없었다.

그것은 주변에 사회적 문제를 설명하고 이해시켜줄 수 있는 동년배가 거의 없는 구조여서, 그들 직장상사라든가 또는 주변의 힘 있고 많이 배운 이가 있으면, 그들의 의견을 좇아가는 가치판단의 의존 또는 종속관계가 형성되었기 때문이다. 이러한 가치판단의 종속이 형성되면, '삼인성호'라는 연맥들의 편익구조에 의해 맹신적 착오가 발생하여, 집단행동 등에서 불필요한 마찰에 동원되고 하는 희생을 감수하는 경우도 생길 수 있을 것이다.

그리고 그들은 늘 일만 했기 때문에 수십 년의 저임금을 인내해야 했고, 정부의 저 출산정책을 무조건적으로 따라갔기에 그 관성의 사후 효과로, 출산율 2.0 미만(84년)의 인구감소를 유도한 세대일 수도 있다. 그래서 그들은 저임금의 오랜 기간 동안 조성된 자본의 합리적 운용과 배분을 요구할 수 있는, 지분적 권리가 있다고 생각할 수도 있을 것이고, 저출산을 장려하고 독려한 조직에 대해 우리 사회의 저출산 개선을 위한 대책도, 요구할 수 있다고 생각할 수 있다. 그것은 그들이 장려한 시책에서 유래된 역기능일 수 있기 때문에, 원인자 부담방식으로 장려한 시책의 부작용에서 인구감소가 초래되는 악영향이 생겼다면, 그 책임도 그들이 져야 하는 것이기 때문이다.

저임금으로 축적된 잉여이익은 기업에 쌓여있을 것이고, 저출산 장려의 책임은 당국에 있다고 볼 수 있을 것이다. 그렇다면 과잉풍요에 대한 합리성을 자본의 운용자에게 요구할 수 있을 것이고, 출산장려에 대한 시책과 비용부담을 원인자가 부담하여 개선할 것을 요구해야, 우리 사회가 바로 갈 수 있는 방향을 잡을 것으로 본다.

그들의 땀으로 이루어진 산업화와 선진화의 공로는 당당히 인정받고, 3과의 초과근로로 형성된 잉여이익을 공익을 위해 사용할 것을 요구하고, 그것이 출산장려와 청년들 취업개선을 위하여 집행되도록, 감독권을 행사할 수 있어야 할 것으로 보는 것이다.

지식으로 이룬 기쁨

● ● ●

산업화는 이익을 목표로 하는 가치구조여서 풍요로움을 가져왔을 수 있지만, 그 풍요가 합리적인 것인가에 대해서는 누가 묻지도 않았고 또 답하지도 않았다. 그것은 산업화 이익을 경제개발이라는 산업자본으로 재투자하기 위해, 정부가 방조하거나 묵인한 사례로 볼 수 있어서 그러한 것을 묻는 이를 오히려 핍박했을 수 있어서, 그러한 질문에 답할 필요가 없었기 때문이기도 하지만, 산업화세대의 대부분은 그러한 것이 옳은 것인지 또는 잘못이 있는 것인지를 알지 못했을 수 있다.

그것은 처음 겪어보는 사회경제적 현상이어서, 그냥 그것이 나라나 기업에서 하는 일이니 옳은 것이겠지 했고, 그들이 힘과 재력도 가졌지만 고급교육을 받아 지성적 수준도 비교되지 않을 만큼 높았기 때문일 수 있다. 그러던 것이 80년대로 이행되면서 우리의 대학진학률이 30~40% 범위로 향상되어, 지성화율이 선진국에 견주어지면서 선진적 사고와 선진적 가치로 모든 것을 평가하고, 재단하려는 흐름으로 바뀌게 된다. 그래서 정치구조도 선진화를 바랐기에 민주화를 요구했고, 사회적 문제도 선진적 가치로 분별해서 합리적이기를 요구했다. 그래서 산업화 시대에서는 별문제가 되지 않았던 일들이, 민주화 시대에서는 그 일들의 합리성과 공정성을 평가하게 되었고, 민주적 평등을 바탕으로 모든 것을 계량하거나 계측하는 과정으로 전이하게 된다.

그러면 민주는 평등과 보편을 요구하는 인본적 가치를 고려하기 때문에, 지금까지 형성된 산업화의 이익이 합리적으로 배분되었는지, 또는 그러한 이익이 공정하게 사용되었는지에 관심이 모아지면서, 사회적 세력가나 경제적 재벌들에게 그러한 절차나 과정을 요구하고 현실에서의 이행을 촉구하게 된다. 이러한 변화는 우리 사회가 그만큼 선진화로 가는 것일 것이고, 또 합리적 가치를 존중하고 사회적 책임과 의무에서 공정성을 요구하는 지성적 가치과정으로 볼 수 있다.

이렇게 86세대로 대표되는 지식세대 또는 선진세대에 의해서, 사회가치의 분별기준이 이익에서 합리로 전환하고 풍요에서 공정으로 변환되는, 후진에서 선진으로 가는 과도과정을 보이게 된다. 이 과정에서 그동안의 관행에 의한 산업화 우선가치인 이익우선 흐름과 민주적 선진화 가치인 합리와 공정우선 흐름으로 사회경제적 가치가 분별되는, 상호충돌적 상황이 상당 기간 혼란스러움으로 보일 수 있게 되었다.

이 과정에서 중요한 것은 IMF 위기에서 왜 공적자금을 투입해야 했는지에 대한 성찰과 책임지는 자세나 사과가 필요했는데 이것이

확실히 정리되지 못하고 어물쩍 넘어간 것 같다. 그리고 고급교육의 초과 과잉 공급으로 청년들의 취업이 불가능해지는 현상을 풍자한, '헬조선과 3포 세대'라는 신조어가 생겼어도 청년실업을 초래한 정책적 잘못과 그것을 해결할 수 없는 상황에 대한 책임과 사과를 아무도 하지 않고, 어물쩍 넘어가려고 하는 비합리적 상황도 연출되는 것 같다.

얼마 전 어떤 여론조사 기관에서 조사한 바에 의하면, 젊은이들 10명 중 3명은 자녀를 포기하는 것으로 발표된 적이 있어, 이것도 고학력 인력의 과다공급과 그들의 취업곤란의 결과로 볼 수 있을 것이다. 그렇다면 선진국들보다 곱절의 대학졸업자를 양산한 정책입안자나 그렇게 교육시킨, 기성세대의 잘못 인정과 사과가 있어야 하는 것이 합리적일 것이다.

그래야 초신세대인 08세대의 동의와 수용으로 이들의 아픔을 치유하고, 새로운 도전을 할 수 있는 용기가 생길 것이기 때문이다. 잘못은 어른들이 하고 고생은 청년들이 해야 하는 문제에 대해, 전후세대인 부모들과 엘리트세대의 정책책임자들이 변명이라도 있어야 할 것으로 본다.

감성과 합리의 선별

• • •

옛날 조선사회에서 "군왕무치"라는 말이 있었다고 한다. 그것은 절대 권력자로 만인의 윗자리에 있는 사람은 잘못을 범할 수 없다는 전제에 서, 어떤 일의 결과에 대해 부끄러워할 필요가 없다는 말과 같은 뜻이 될 수 있다.

절대왕정에서는 가능할 수 있는 말이나 민주 선진정부에서는 불가 능한 것으로, 모두가 인정하고 있는 것을 참조할 필요가 있다. 유럽 의 맹주였던 프랑스 루이 16세도 민중에 의해 물러나 단죄되었듯이, 우리의 최고 권력자도 민초들의 국민주권적 소환에 의해 그 자리에서 내려오게 되는 것을 고려하면, 어떤 지도층 또는 지배층이라 하더라 도 그들의 잘못을 인정하고 사과할 수 있는, 합리적 품격을 모두가 요 구하기 때문이다.

그런 의미에서 IMF의 경과는 처음 겪는 혼란이었더라도, 교육정책 착오로 인한 청년 취업전쟁과 헬조선을 초래한 관계자들의 인정과 출 산율 감소를 80년대에 이미 3.0 미만으로 시작해서, 2.0 미만으로 진 전되고 있는 상황을 방치한, 관계자들의 최소한의 의견표명은 있어야 권력무치라는 부끄러움을 면할 것으로 보는 것이다. 이렇게 사회가 점 점 합리적으로 변화해 가는데 아직도 과거의 연맥적 사고에 얽매여, 삼인성호의 여론호도로 피해가려는 기회응변적 대처는, 오히려 스스로 를 비굴하게 할 수 있음도 살펴야 할 것이다.

우리가 '나를 우리'라고 하는 공동체 우선의 민족 고유가치는, 정서를 바탕으로 하는 감성적 영역일 수 있기 때문에, 끼리끼리의 연맥적 사고와 서로 통할 수 있을 것이다. 그러나 시대적 흐름이 지성화의 영향으로 선진화로 가는 과정에서는, 합리적 설명으로 설득을 못 시키면 누구나 잘못도 할 수 있고 착오도 범할 수 있는 것이니, 인정하고 이해를 구하는 것이 모두를 위해 좋은 처신이 될 수 있을 것이다. 사회적 여건이 선진화되고 지성화 되어 가면, 손바닥으로 하늘을 가릴 수 없다는 것을 모두가 알고 있는 기본이기 때문에, 연맥적 감성에 호소하여 다른 사람들을 불편하게 할 것이 아니고, 일이 더 커지기 전에 스스로 인정할 수 있는 아량을 희망해 보는 것이다.

대학진학률이 80년대에 평균 30% 중반에 들어섰고, 90년대에는 평균 40% 후반으로 가고 있었다면 00년대에는 고급인력 초과가 예상되었는데도 그냥 방치해서, 00년대에는 80%를 넘어서는 기간도 수년간 계속되어 평균 70%대 후반을 보였다면, 2010년대에는 배출인력의 반 정도가 일자리가 부족한 것이 당연한 귀결일 것이다. 결과적으로 헬조선과 3포가 불가피해졌는데 그들에게 열심히만 하라고 하면, 그들의 신뢰를 얻을 수 있었을까?

그리고 출산율도 60년에 6.0 이상에서 70년에 4.5로 줄어들었고, 80년에는 3.0 미만으로의 추세라면 00년도에는 1.5 미만이 예상되었는데도 그것을 막지 못했다는 것은, 8~90년대 정책 입안자들의 부주의를 탓하지 않을 수 없는 결과일 것으로 본다.

이러한 권력무치가 계속되고 연맥적 사고에 의한, 감성적 끼리 심리에 호소하는 삼인성호 같은 여론의 오도는, 스스로 훌륭하다고 생각하는 사람들이 취할 자세는 아니라고 볼 수 있다. 그리고 2020년의 성인평균 지성화율 30~40%의 선진국형 사회에서는, 모든 분별의 기준에 합리성을 요구한다는 상식을 스스로 살펴주는 배려도 필요하다고 보는 것이다. 일부 엘리트그룹의 이익 공동체적 결속과 그들을 추앙하는 감성적 연맥이 있더라도, 스스로 자제하는 품격을 보여주는 것이 그들을 따랐던 이들에 대한 최소한의 예의일 수 있을 것이다.

'나를 우리'라고 하는 우리의 감성적 정서는 지성화율이 낮을 때는, 끼리 연대를 강화하는 효과를 보여 강력해질 수 있지만, 지성화율이 선진화 되면 끼리 연대가 합리연대로 바뀐다는 것을 살피면, 감성과 합리의 선별이 가능해질 것으로 본다.

초신세대의 새로움

● ● ●

어느 시대 어느 사회에서나 신세대는 항상 있기 마련이고, 있을 수밖에 없는 것이 신세대들이다. 그들에 의해서 시대나 사회가 바뀌어가고, 언제나 변화를 주도하는 미래의 세대를 신세대로 정리할 수 있을 것이다.

그런데 신세대가 아니고 초신세대라고 이름 한 세대가 있다면, 그것은 특별함이 있어서 모든 것을 초월한다고 보아서 앞에다 '초' 자를 붙인, 신세대의 유일함을 표현하려는 시도일 것이다. 그것은 우리 사회에서도 처음이지만 세계사에도 없을 것 같은, 유일함을 가졌기에 그렇게 이름 지어진 것이다.

왜냐하면, 80년대 이후에 태어난 세대는 00년대에 대학을 진학하게 되는데, 우리의 진학률이 00년대 수년간을 80%를 초과한 적이 있어서, 00년대 평균도 70%대 후반의 전에 없던 실적이고, 그다음 2010년대 평균진학률도 70%를 초과하는 결과를 보여서, 00학번 80년대 출생 이후 세대(08세대)를 신세대라는 표현에 더하여 '초' 자를 붙인 '초신세대'로 이름하였다. 그들 세대의 지성화율이 평균 70%를 초과하는 기간이 향후로도 10년간은 유지될 것으로 보아서, 한 세대에 달하는 30년간을 평균진학률이 70% 이상으로 예측되기 때문에, 앞으로 이들의 역할과 변화 그리고 역량이 어떻게 나타날 것인지가 자못 궁금하기 때문이다.

이들 세대는 80년대 출산율이 2.0 미만을 실현한 세대이고, 그 후 2010년까지 출산율이 계속 감소하여 1.0 미만으로까지 진전될 수 있는, 극한의 세대이기도 함을 살필 필요가 있다. 그것은 형제자매가 없거나 또는 하나일 가능성이 있어 홀로 귀중함을 받았을 것이지만, 외로울 수 있어서 사회성의 적응이 우려되는 세대이기도 하고, 높은 지성화율이 오히려 자신감이 없을 수도 있는 세대일 수 있기도 하기 때문이다.

그리고 그들이 30년 이상을 집단적 현상을 보여, 동질적 새로운 문화가 생길 수 있고 기존의 세대와는 다름을 나타낼 소지가 충분히 있어, 이러한 사회 환경적 바탕이 이들을 어떠한 다름으로 이끌 수 있을까 하는, 가능성의 기대도 또한 있기 때문이다.

00학번 80년대 출생을 시작으로 30년간 평균 지성화율 70% 이상으로, 형제자매가 없거나 한 명뿐인 소년 및 청년 세대들이고, 취업률 최저의 헬조선에서 살아가야 하고 3포라는 희망이 사라져 버린 세대일 수도 있고, 그리고 세계에서 유일한 사례의 세대로 보기에 그러한 이름을 붙여, 그들의 가능성을 기대하기 때문이다.

그리고 이들 세대는 가족구성의 입장에서 보면 혼자일 가능성이 매우 커, 서구 선진국의 개인주의 경향과 유사함을 보일 수 있을 것 같으면서도, 우리의 고유성인 '나를 우리'라고 하는 공동체 우선 정서를 가지고 있는 '우리'라는 정서를, 어떻게 홀로의 귀함과 소중함 그리고 개인주의와 융합시킬 수 있을까 하는 기대가 있기 때문이다.

그리고 이러한 개인주의적 홀로의 외로움과 귀중함이, 지성적 측면에서는 너무 보편적일 수밖에 없는 진학률의 일반성과 보편성과 어우러져 새로움으로 발효되고, 우리라는 옳음과 영원성 그리고 끝없는 도전성과 버무려져 어떻게 숙성되어질까 하는, 기대가 너무 커서 '타고르'가 말하는 동방의 등불로 빛나기를 소망하기 때문이다.

그리고 그들에 의해서 BTS라는 새로움을 이미 세상에 내보이고 있고, 기생충이라는 가능성도 함께 포용하고 있는 것으로 보는 기대가,

소망 같은 꿈이기도 하기 때문이다. 그리고 이들 세대가 기존의 사회구조에서 취업이 곤란한 환경을 어떻게 바꾸어서, 그들의 자리매김을 하고 그들의 넘치는 지성과 고독이, 우리 현대사의 인문의 빈곤을 어떻게 채우고 넘치게 하여, 우리라는 고유성을 모두에게 새로움의 영역으로 이끌 수 있기를 기대하는 것이다.

그들은 사회를 첫발부터 어려움으로 맞았지만, 그들의 청장년을 또한 우리 사회를 감당해야 하는 고통스러움과 함께하고 있어, 그 아픔이 우리네 어머니들의 가슴앓이를 보듬는 아우름이 될 수 있기를 기대해 보는 것이다.

4. 인문적 고뇌의 파도

땀과 감성이 현실로

• • •

산업화의 최대 목표는 경제적 풍요였다. 그래서 산업화 과정은 모두 성과와 실적이 우선이었고, 그것은 이익이라는 경제적 가치로 사회에 돌아왔다.

산업화의 마지막 세대였던 BB세대는 유·소년기부터, 산업화의 성과와 실적 그리고 이익이라는 가치에 익숙해질 수밖에 없었다. 전란 전의 세대는 전란을 겪으면서 생존이 우선이었던 것에 비하면 새로운 변화로 볼 수 있을 것이다.

전후세대는 산업화 1세대의 영향으로 생존, 성과, 실적, 이익이라는 삶의 가치가, 경제적 풍요로 생활화될 수 있는 여건에서 또는 그러함을 희망하는 환경에서, 성장하고 익숙해져 있었고 이것은 이익이라는 측면이 우선되는, 자본주의의 가치나 행동철학에도 잘 어울릴 수 있는 덕목이었다.

그래서 전후세대로 대표되는 BB세대는 성장기부터 자본주의 이익구조에 적응했을 수 있다. 그래서 그들은 부모세대의 '빨리', '쉬지 않고', '열심'이라는 3과가 익숙해질 수밖에 없었고, 그래서 그들의 젊은 시절은 늘 일을 했고 열심히 일한 결과로 부모를 부양하고 자녀를 양육하고, 그렇게 청장년을 살았고 이제 퇴직이라는 피할 수 없는 세월을 맞고 있을 것이다. 그리고 그들도 삶의 뒷모습을 스스로 바라볼 수 있는 시간적 여유가 생겼고, 평균수명은 30년 이상 늘어나 백세시대로 접어들고 있었다.

그들은 늘 일할 수 있었고 일하면 상당한 수입이 생겼고, 그것으로 부모부양과 생활 그리고 자녀교육에 충당했고, 늘 그렇게 살 수 있을 것으로만 생각하고 살았는데, 퇴직이라는 시간을 맞고 경제적 삶을 평가받아야 했고, 그 성적표를 받아볼 수 있어졌다. 그리고 생각하지 못했던 문제가 발생되고 있었다.

그것은 초 신세대로 불리는 08세대부터 학교졸업 후 취업이 되지 않는, 심각한 사회문제가 그들을 기다리고 있었기 때문이다. 그들은 평생을 일하고 어른을 부양하고 자녀를 양육해서 교육시켜 두면, 노후는 그들이 했고 그들의 부모들이 했던 것처럼 자녀들의 부양을 받을 줄 알았는데, 헬조선이 되었고 금수저와 흙수저가 되어 자녀들의 일자리가 새로운 전쟁이 되어 버렸기 때문이다.

힘 있고 가진 것이 있는 사람들은 인맥을 통해 부모찬스를 사용하고,

힘의 논리에 의해 채용청탁이라는 최소한의 가능성은 있었으나, 서민부모들은 그럴만한 뒷배도 없었고 먹고살기 바빠서 저축도 못 했기에, 초고급과정인 대학원에 자녀들을 보낼 형편도 되지 못했다.

그리고 그들은 자신들의 노후 백세시대를 스스로 개척하고, 맞아야 하는 인생 제2막에 들어서고 있었다. 그리고 그들은 부양과 교육으로 그들의 노후를 바꾸어 버려서 자신들의 노후 백 세를, 스스로 열어야 하는 임시계약직 노인장인 '임계장'이 되어가고 있었다. 자녀가 취업을 못 했으니 부양은 고사하고 그들의 생계마저 걱정해야 하는, 캥거루의 모정을 새로 익혀야 하는 삶을 배워가고 있었다.

그들은 청장년을 세상의 중심에서 모든 것을 헤쳐 나갔던 역전의 용사였으나, 퇴임하고 나서 임계장의 신세가 되는 삶의 중심에서 가장자리로 밀려나고 있었다. 그들은 산업화의 자존과 맨손의 허탈감으로, 그들의 지나온 땀과 3과의 세월을 교환해 버린 현실의 당혹함을 온몸으로 맞아야 했고, 노인 자살률 세계 최고라는 명찰을 가슴에 달아야 하는 모멸감과 가족에 의한 노인학대가 증가하고 있다는 세상사를 맞을 수밖에 없는 현실과 직면하고 있었다.

그리고 그들은 그들의 자녀 세대인 08세대를 포함하는 초 신세대의 3포의 영향으로, 젊은이들이 자녀를 포기한다는 각박한 세상사가 그들의 희망이었던, 손자녀의 꿈까지 접을 수 있는 막막함에 몰리게 되었다. 아직은 퇴직이 얼마 지나지 않아서 견딜만하지만, '10년이 지나고 또 백세시대는 어떻게 맞을까?'의 번뇌와, 땀과 감성이 현실을 맞는 인문적 고뇌가 시작되었음을 수용할 수밖에 없는 두려움을 어떻게 감당할까? 돈 우선 그리고 가족축소라는 핵가족화가 자본이 주인이 되어버린 세상에서, 일에 몰두한 사람의 인본적 서글픔을 무엇으로 위로받고 가슴에 품을 수 있을까?

지식과 새로움의 발효

• • •

우리의 산업화 1세대인 문퇴세대는 유·소년기를 일제강점의 수난을 보고 겪었고, 소년기에서 청년기는 전란의 한가운데서 온몸으로 맞아야 했던 세대이면서, 근대화라는 후진에서 개발도상으로 가는 산업화에 청·장년기를 몸 바쳤다. 그리고 가장 험난한 식민에서 해방과 전쟁을 겪고, 산업화와 민주화까지 맛보았던 영욕의 모든 시기를 지난 세대였다. 그리고 BB세대는 전통적인 인문의 사고에서 서구적 사류를 받아들여 혼란을 겪었던 세대이면서, 자신의 노후는 보장되지 않고 자녀들의 3포를 안쓰러움으로 가슴에 묻은 세대일 것이다.

그리고 선진적 의식을 교육을 통해 함양할 수 있었던 86세대는, 청년기 독재의 압재를 겪으면서 민주화를 얻어냈고 그리고 선진화의 꽃이 피게 한 고난도 있었지만, 영광스러운 세대로 볼 수 있다. 이들 세대를 지식세대 또는 선진세대라고 하는 것은, 지성화율 35% 전후의 선진국형 교육을 받은 우리 사회 최초의 자주형 선진세대로, 청·장년기를 이념의 벽을 넘어 북방으로 교역을 확장하므로 3만 불 시대를 연, 저력과 보람의 세대였기 때문이다. 서구 선진국들이 보편적으로 가지고 있는 사회가치가 적용될 수 있는 기반을 형성하였기에, 선진국의 보편일상 정서와 가치의 세대로 볼 수 있어 글로벌 개념에서는 정상적 기본형 세대로 볼 수 있다.

그러나 그들은 민주화를 돌파한 돌진적 용기를 가진 선진세대로, 그들이 이룬 촛불의 명암과 진영대립의 그림자를 함께해야 하고, 그들이 정년을 맞아 퇴임하면 그들을 기다리고 있을 현실은 어떠할지 자기평가를 받아야 할 진행형의 세대여서, 세상이 내릴 평가지의 두려움을 기대하면서도 수용할 수밖에 없는 민족사 초유의 세대가 될 것이다. 과연 그들의 지식이 옳음이었고 그들의 저돌적 돌파력이 합리적이었는지를, 그리고 그들의 부모세대와 자녀세대인 초신세대의 아픔과 고통을 얼마나 어루만질 수 있는, 아량이 있는 세대일지를 가늠 받아야 하는 기다림의 세대이기도 하다.

그들의 지성적 행동이 과연 '우리'라는 우리의 고유성에 얼마나 합당하게 기여했는지를 겸손하게 기다려야 하는, 그리고 08세대로 대표되는 3포세대의 희망을 실종시켜버린 기성세대로서, 그들을 위해 무엇을 할 수 있고 무엇을 했는지를 앞선 세대로서 문책되어야 할, 역할의 가변성을 온몸으로 맞고 기다려야 하는 석고대업의 세대이기도 하다.

그래서 그들의 역할이 더욱 기대되는 소망의 세대이기도 하고, 촛불의 그림자를 여명으로 지워주기를 기대해 보는 붙잡음의 아쉬움으로 기다려보는 세대일 수도 있다.

초신세대는 귀함과 홀로이지만 모두가 고급교육을 받았기에 지성이 일반화되어, 지성이 허무로 변해버릴 수 있는 귀함과 홀로와 허무 그리고, 그들의 3포라는 암담함을 어떻게 풀어내고 나름의 자리매김으로 엮어낼지가 기대되고 기다려지는 세대이다.

BB세대나 86세대는 형제자매가 통상 3~4명 이상 또는 5~6명으로 외로움은 몰랐지만, 부모세대의 부양도 1/3~1/4만의 부담으로 전통적 관습에 적응할 수 있었다. 08세대는 혼자이거나 둘 뿐이어서 부모의 부양이 양성평등이라는 흐름에서 보면, 6~8배로 확장될 수 있어 자녀 입장에서는 효도의 개념이 굉장한 부담이 될 수도 있을 것이다.

그리고 그들은 취업전쟁이라는 사회적 현실에서 '언제 제대로 된 직장을 얻을 수 있을지'와 '캥거루의 신세를 언제 면할 수 있을까?'의 두려움과 고통이, 그들을 지금까지의 어떤 세대보다 무겁게 짓누르고 있는 것은 아닌지, 안쓰러움이 모두를 아프게 하고 있다.

풍요의 무한경쟁에서 지식의 무한 경쟁시대로 바뀌어버린 현실과, 노동경쟁에서 학벌경쟁으로 옮겨진 고통을 빈손으로 맞게 되는 노후와, 지성적 고뇌로 맞게 될 3포가 우리 시대에 많은 것을 아픔으로, 모두를 맞고 있는 것은 아닌가 하는 가슴 아림이 있다. 빈손의 노후와 돌파의 자기반성이 3포의 인문적 고뇌가, 감성과 지성과 초신의 새로움과 버무려져 민족 고유의 우리로 발효되고, '함께'라는 아우름으로 숙성되기를 기도해 본다. 그리고 그러함이 새로움의 지혜로 기다림의 익음으로 승화되기를 기대해 본다.

가 보지 않음의 고뇌

•••

우리 현대사에 가보지 않은 길은 후진국에서 선진국의 반열에 올라, 지금까지 겪어보지 못한 '실패의 트렌드'라고 할 수 있는, 시행착오를 하지 않고는 앞으로 갈 수 없는 선두그룹에 들어섰다는, 가 보지 않음의 두려움이 모두에게 있을 것이다.

그것을 충분히 갈 수 있다고 생각하는 사람과 어려울 것이라고 생각해서, 남들이 가는 것을 보고 따라가는 것을 선택하려는 이도 있을 것이다. 그리고 우리는 한자와 한글을 함께 사용한 시간이 오백 년을 지났기에, 중화적 문명을 숭상하여 그들의 아류가 되고자 하는 사대적 생각도 있을 것이고, 오백 년을 함께 할 수 없었던 우리를 '모두 함께'로 통합할 수 있는 한글을 전용하는 것이, 우리라는 민족성과 평등이라는 인본에 바탕한 민주의 개념에 어울려서, 현대 민주주의의 실현에 합리적이라고 생각하는 사람도 있을 것이다.

그것은 갑오개혁 이전의 사회상에서 이후의 변화로, 신분평등을 그리고 모두의 기회균등을 옳음으로 생각하는 사람과, 수백 년의 차별적 관습을 지키려는 사람들로 나누어지는 길도 처음 가 보는 것이었다. 앎의 동등함을 추구하여 인격적 품위도 대등해지는 한글전용이, 모두가 우리가 되는 길이고 모두가 화합하는 길임도 처음 가보는 길이었기에, 그동안 일부 시행착오도 있었으나 30여 년을 무리 없이 가고 있는, 민족사 오천 년에 한 번도 가 보지 못한 길에도 접어들었다.

원수로 생각했던 이념의 벽을 넘어야 하고 또, '나를 우리'라고 하는 공동체 우선가치가 전쟁에서 평화로, 그리고 멸공북진에서 공존으로 갈 수 있을지도, 처음 가 볼 수밖에 없는 가 보지 않은 길일 수 있다.

그리고 BB세대의 퇴임 후 임계장의 자기 허무와 평생을 3과로 일만 했는데, 노후를 함께해 줄 누구의 도움도 받을 수 없다는 노년 빈곤의 길도, 가 보지 않은 길일 수밖에 없다. 08세대로 시작되는 초 신세대의 '헬조선과 3포'도, 이제 시작되고 있는 가 보지 않은 길이어서 시행착오 없이 어떻게 갈 것인가도, 처음 겪어보는 것으로 그들과 우리가 헤쳐 나가야 하는 가보지 않은 길이다.

만일 청년취업이 계속 해결되지 않는다면, 그들은 부모의 도움을 받아야 할 것인지 아니면 어떠한 방법으로라도 자립해야 할 것인지도, 처음 가 보는 길일 수밖에 없다.

그리고 젊은이들에게 부모부양을 어떻게 할 것인지를 여론 조사한 결과가, 10여 년 전에는 자녀 부양 약 50%에서 사회가 책임져야 한다는 의견이 약 25%였던 것이, 최근 조사에서 자녀부양 약 25% 전후에서 사회부양 약 50% 전후로 나왔다는 보도는, 우리 사회가 전통 인문적 가치에서 많은 변화를 보여주는 가 보지 않은 길로 들어선 것 같다. 그리고 헬조선이란 말과 3포라는 신조어가 2010년 전후에서 생겼다고 하는데, 그것은 대학진학률이 00년대 일부 기간은 80%가 넘어섰고, 평균 70%대 후반의 고급인력 배출이 통상의 선진국 비율 30~40%대를 2배 초과하는 현상이어서, 10년 동안 반수의 청년이 합당한 일자리가 없었다는 것이 될 수도 있다.

2010년대 평균도 70%를 초과하는 것에서 앞으로도 계속 그 추세가 지속될 것으로 추정한다면, 한 세대 기간 동안을 합당한 일자리를 찾을 수 없는 젊은이들이 전체 세대인구의 약 30%에 근접할 수 있다는 것이 된다. 그러함의 결과로 젊은이 10명 중 3명은 연애와 결혼은 해도, 자녀를 두지 않겠다는 조사결과와 같은 맥락일 수 있어, 이것도 가보지 않은 길로 우리를 등 떠밀고 있는 것 아닌지 우려스럽기도 하다.

로마로 대표되는 유럽의 르네상스 시대를 연 단테의 『신곡』에서, 희망 없는 곳이 지옥이고 희망이 있는 곳이 천당이라고 했다는 사례는, 우리의 젊은이들에게 헬조선의 현실은 지옥일 수 있을 것이다. 10년 이상을 열심히 공부만 했어도 일자리가 없어 흙수저로 남았다면, 그들의 후대는 어떻게 될까? 3포가 실현되는 것은 아닐까?

BB세대의 노후가 스스로 해결해야 하는 당연함이고, 젊은이의 경제적 자립이 상당 범위에서 불가능하다면, 그들이 어떻게 할 수 있을 것인가의 가 보지 않은 길이, 청소년 자살률 OECD 1위라는 불명예로 남겨지는 것은 아닌가 걱정해 보게 된다.

전란기에는 오직 생존이 목표였고 산업화 시기에는 오직 이익이 우선이었던, 수십 년의 가치 왜곡이 우리를 인문적 고뇌의 늪으로 빠져들게 하고 있다. 사회형성의 기본요소가 구성원의 보호와 상호 협력에 있다면, 이들을 보호할 수 없으면 그들의 협력도 받을 수 없을 것이다. 그렇다면 '나를 우리'라고 하는 공동체 우선의 우리는, 어디에 있는 것일까? 나에게 우리에게 물어보자.

인문의 숙성과 지혜

●●●

우리 역사에서 문화적 자주와 자립을 이룬 시기는 세종 후기 20여 년을, 우리만의 고유문화를 꽃피운 유일한 시기로 볼 수 있다. 그리고 사대외교 중심에서 균형외교를 시도한 것도 광해 재임 20여 년으로 볼 수 있을 것이다. 이 둘의 시도는 모두 지속되지는 못했어도 시도된 용기와 의지를, 다시 볼 수 있는 아량이 필요하다고 본다.

그것은 우리 역사 자주와 자립 그리고 리더십의 신뢰를 붕괴시킨 사례와도 연계 고려가 필요하기 때문이다. 우리는 국토의 전역을 초토화시키고 수많은 백성과 국민을 죽음으로 몰고 간 두 번의 전쟁에서, 한 번도 주도적 주인이 되지 못했다고 본다. 임진년의 왜란에서는 휴전회담을 명나라에 위임했고 6·25전란에는 미국에 휴전주권을 넘김으로, 국토의 폐허와 수많은 생명의 숭고함을 우리는 전쟁을 마무리하면서 반영하지 못했다.

피해는 우리가 보고 주도권은 남에게 넘겨준 리더십의 행사에 대해, 우리는 성찰하고 반성하는 일에는 소홀했는지 모른다. 그러함을 뒷받침하는 해프닝(happening)이 군왕이 수도를 비우고 야반도주하면서, 민초들 보고 사수하라고 하는 무책임도 있었지만, 서울을 비우고 야간에 피신한 지도자가 수도를 사수하라고 방송한 유사함도 그러하고, 그들에 의해 국군의 지휘권을 양도하고 휴전의 당사권도 위임한 사례를 무엇이라 설명하는 것이 옳을까?

그래도 그들은 군왕의 자리를 유지했고, 군사 지휘권도 없으면서 군통수권자로 백성과 국민이 받들어주기를 원했다면, 그들의 인격 정체성은 어떻게 설명하는 것이 좋을까? 오늘날 선진적 지성화도 이루고 문화적 도약을 바란다면, 사대적 매달림을 버리고 균형외교와 주권국민의 자존을 바란다면, 경제력 세계 10위권의 국력으로 어떻게 국민적 이해와 공감을 얻어낼까? 우리의 지혜로 새로움의 인문으로 숙성해 갈까 기대하게 된다.

08세대로부터 시작되는 헬조선과 3포의 시행착오를, 누가 유도했고 그 고난을 누가 감당해야 할지도 살펴서, 기성의 부모세대인 BB세대나 86세대의 책임이 있다면, 진솔한 사과가 있어야 08세대로 대표되는 초 신세대의 동조를 받을 수 있을 것이다.

원인제공은 자신들이 해 놓고 그 난국을 돌파하지 못한다고, 능력미달로 치부한다면 어떻게 그들이 신뢰할 수 있을까? 선배세대를 신뢰할 수 있어야, 그들의 조언을 들어보려 할 것이 아닌가? 그렇지 않으면 세대 간 괴리가 더욱 심화될 수 있을 것이고, 3만 불 선진의 에너지와 BTS와 기생충의 문화적 역량을, 새로움의 지혜로 발효하여 숙성으로 가지는 못할 수도 있을 것이다.

초신세대의 3포 문제를 슬기롭게 담아내지 못하면, BB의 노후문제와 앞으로 생길 사회적 어려움을, 모두 그들 세대가 풀어내야 할 부담이 될 수밖에 없을 것이다.

BB세대는 은퇴해 가고 곧 86세대도 가운데 자리를 비워주고 가장자리로 갈 수밖에 없을 때, 그 자리에서 그 짐을 질 세대가 그들이기 때문에 자신들보다 2~3배 많은 노년세대를 함께할 그들이, 3포를 슬기롭게 승화시켜 새로운 에너지로 창출할 수 없으면 그들은 새로운 인내의 세대가 될 우려가 있다.

식민의 수탈과 전란의 고통을 그리고 산업화의 3과를, 온몸으로 맞았던 문퇴세대의 고난이 재현될 수 있을 것이다. 그들은 그래도 산업화 1세대로 인내의 주름위에 후대의 가난을 면한 미소가 남았듯이, 초신세대의 아픔 위에 그러한 자긍심의 웃음이 있기를 기대해 본다.

우리는 언제부터인가 '명퇴'에서 '황퇴'라는 자소적인 신조어가 '헬조선과 3포'처럼 생기고 있어서, BB세대가 명퇴를 거쳤다면 향후 10년 내에 모두가 현업에서 임계장화 된 세월이 누적 20년을 맞게 될 수 있다. 그들의 노후절망을 그리고 가족학대 증가와 자살률을 잊어가기는 너무도 큰 아픔일 것이고, 초 신세대의 취업전쟁도 향후 10년 후면 20년의 '헬조3포'가 누적되는 고난이 될 것이어서, 반세기에 가까운 인문의 결핍에서 오는 인문소양의 새로운 수요가 폭주할 수 있을 것이다.

소년기 독존세대의 귀함도 허사가 되고 청·장년기에 그들의 희생을 요구할 수밖에 없다면, IMF 20년 후 3만 불의 선진화를 이루고 실질적 정권교체 20년 후 촛불로 모두의 뜻을 모은 것처럼, BB명퇴로 임계장화 20년 후 그리고 헬조3포 20년인 향후 10년 전후에, 새로운 인문적 지혜가 숙성되고 익어 나와 그 모두를 아우를 수 있는 문화의 등불로, 우리를 안내할 수 있기를 기대해 보자.

글로벌 최고의 문화를 창출하고 세계 10위의 경제력도 이끌었고, 축제적 시위로 정치의 선진화도 가능할 수 있었다면, 문화의 자주와 균형 외교의 초석을 놓기 위해 우리의 리더십에, 오천여 년 동안 '나를 우리'라고 하는 고유성의 지혜가 함께할 수 있기를 기도해 본다.

5. 홍익, 대동, 우리!

양극화와 인본화

• • •

사람들이 사회를 구성하고 공동체를 유지하기 위해 노력하는 것은, 사회의 바탕이 모두가 평등할 수 있는 인본을 바탕으로 출발했다고 보기 때문이다. 그러함의 바탕에는 서로가 협력함으로써 구성원을 보호할 수 있는, 그래서 모두가 평안할 수 있기 때문에 함께하고 공동체의 규범을 따르는 것으로 볼 수 있다.

우리는 선진국을 선망해서 그들을 배우고 싶어 했고, 그래서 그들이 잘살고 있는 경제개념인 자본주의를 서구적 민주주의와 함께 도입하고 따라 하고 있었다. 기본적으로 자본주의는 풍요함을 가져다주었다고 생각하는 경제운용질서로 볼 수 있고, 그러한 경제운용 주체가 자본일 수밖에 없는 속성을 가지고 있어, 인본을 바탕으로 하는 사회의 성립 요건이라던가, 또는 공동체 유지의 합리적인 의사결정 구조로 채택하고 있는 민주주의와도 서로 부딪침이 있는 것 같다.

그것은 풍요해지기 위해서 자본주의를 그리고 편안해지기 위해서 사회공동체를 추구했다면, 그들의 노력으로 풍요해지고 그 사회의 경제력이 향상되었다면, 모두가 풍요해지고 편안해지는 결과를 얻어야 했는데 누구는 풍요와 평안을 얻었는데, 어떤 이는 가난과 불편을 얻었다면 문제가 발생한 것으로 볼 수 있다. 사회의 형성요소는 보호가 우선 가치이고 그들을 보호하기 위해 서로 협력하는 것으로 볼 수 있고, 서로의 잘하는 점을 나누어 주므로 각자의 부족한 점을 채워주어서, 전체의 능력을 높이므로 생기는 부가가치로 다시 구성원을 보호하는 데 사용하는, 선순환 구조가 사회를 발전하게 하는 주요한 기능이 될 것이다.

그런데 자본주의가 실현되어 전체적 풍요는 늘어났는데, 일부의 구성원들은 더욱 가난해지는 구조라면, 사회가 목적하는 보호의 기능이 작동되는데 문제가 있는 것으로 볼 수 있다. 우리는 자본주의가 국가적 풍요를 가져다주었다고 모두가 평가하는데, 일부의 사람들은 더욱 가난해져서 편안함이 아니고 고통스러워지고 있다면, 그것을 바라지는 않았을 것으로 본다. 결과적으로 자본주의가 잘사는 사람은 더욱 잘살아지고, 가난한 사람들은 더욱 가난해지는 양극화를 불러왔다면, 자본의 양극화는 사회가 목적했던 결과는 아닐 것이다.

사회의 형성요소인 보호의 기능이 상당히 침해받고 있다고 볼 수 있어, 그들의 협력을 받을 수 없는 과정으로 갈 수 있는 것으로 볼 수 있다. 민주주의는 인본을 바탕으로 하는 각자의 동등한 권리를 행사하는 가치인데, 일부는 부자가 되고 더 많은 사람은 가난해지는 양극화를 불러왔다면, 민주의 다수의사에 반하는 과정으로 진행된 것으로 봐야 한다. 그러면 결국 민주의 평등가치와 사회의 보편가치가 자본주의와 맞지 않은 것으로 볼 수 있다.

민주의 가치 또는 보편의 가치와 어울리지 않는 가치라면, 그것은 자본가치의 한계로 볼 수 있어 그 과정을 살펴보는 성찰이 필요할 것으로 본다. 그것은 자본주의 개념이 신분사회일 때 시작해서 신분의 차별이 자본의 차별로 변이하는 과정의, 신분의 연장으로도 볼 수 있고 어차피 그 당시에 자본의 소유는 지배층에 편중되어 있어서, 자본이 곧 신분의 보호와 연장으로 볼 수 있었을 수 있다.

그리고 초기 국가자본의 형성이 제국주의 식민자본에서, 출발했다고 볼 수도 있을 것이다. 그렇다면 자본의 속성이 차별과 수탈을 기반으로 발전했을 수 있어, 민주와 평등 그리고 사회적 보편가치와는 어울릴 수 없는 것이 태생적 한계로 볼 수 있을 것이다. 그리고 민주주의가 서구에서 보편적으로 정착되기 전에 자본주의적 산업화가 진행되었을 수 있어, 민주가치에 맞게 자본의 이론도 변화될 수 있어야 인본적 사회 보편가치와 민주적 평등가치와 조화될 수 있을 것으로 본다.

사회의 바탕은 인본에서 시작되고 민주의 바탕은 평등에서 그 의미를 찾을 수 있는데, 자본주의가 양극화를 가져오는 중요한 기능을 했다면 우리의 근·현대 가치였던 사람이 하늘이라는, '인내천'의 동학정신을 반영하여 자본에서 사람으로 가치구조의 순화가 필요할 것으로 본다.

어차피 최종 의사결정 구조는 사람이 우선인 민주적 방법으로 가는 것을 합리적으로 보기 때문이다.

자유시장의 틈새 보완

• • •

자본주의는 자본이 주인이 되는 경제운용 방식으로 볼 수 있다. 그런데 자본주의는 시장경제라는 자유로운 경제활동의 보호를 받고 있어, 자본에 의한 성과와 이익은 다시 자본으로 귀속되고 자본이 과대한 이익과 성과를 점유할 수 있는 기능적 오류가, 양극화를 가져오고 독과점으로 갈 수 있어 경우에 따라서는 자유시장이라는 구조를 교란할 수도 있다.

이렇게 자본에 의해 이익의 쏠림현상이 강화되면, 이익의 속성과 자본의 속성이 더욱 확대될 수밖에 없고, 이것을 사람이 운용하는 본능의 대집행적 의미도 갖고 있어, 소자본의 움직임이나 소비만 하는 사람의 입장에서 보면, 자유로운 활동을 독점적 자본에 의해 침해받거나 제한받는다고도 볼 수 있을 것이다. 이런 관점에서 보면 독점자본의 본능적 활용이, 인본 적 성격의 소자본과 소비주체인 사람의 인간 본연의 기본권을 훼손하는 것으로 볼 수 있어, 자본의 자유보다 인본의 기본권적 경제활동의 자유를 신장할 수 있는 보호적 변화가, 자본의 기능 안에 수렴될 필요가 있을 것이다. 사회가 구성원의 보호와 협력이라는 형성요소를 충족하려고, 민주적 의사결정 방식을 합리적이라고 보아서 채택하고 있기 때문에, 민주적 인본이 심각하게 침해받는다고 생각하면 변화를 요구하는 의사결정을 할 수 있기 때문이다.

자본주의에 의해서 양극화가 확대되고 공동체의 보호와 협력에 장애가 발생될 수 있다고 예측되면, 그러한 틈새는 보완하는 것이 자본을 운용하는 주체인 사람들에게 유리할 수 있다는 것이다. 자본은 소유권이 상속될 수 있는 성질이어서 일종의 신분상속과 같은 효과를 줄 수 있고, 신분의 자동승계는 민주적 개념에서 거부하는 것이 민주주의적 보편과 평등이기 때문이다.

예를 들어서 어떤 국가에서 자본의 속성에 의해 일부 또는 지배층에게 유리한 이익분배 구조가 확대된다면, 자본이 이익을 창출할 수 있게 한 소비를 실현한 주체들보다 과도한 배분이 될 수 있을 것으로 본다. 그러면 상위층 일부는 이익이 확장되고, 소비자인 하위층의 많은 사람은 이익의 상실이나 수탈로도 볼 수 있어질 것이다. 이렇게 이익의 축적이 편중되게 되면 그 사회나 국가는 불안해 질 수 있게 되어, 민주적 의사결정에 의해 자본을 제한할 수 있는 의사결정을 할 수도 있다는 것이다.

이러한 우려는 편중된 이익을 실현한 이들에 의해 자기 보호적 행동을 유도할 수 있고, 그렇게 축적된 이익으로 더 살기 좋은 또는 더 안전하다고 생각되는 국가나 사회로 옮겨가고 싶어져서, 그곳으로 영주권도 얻고 시민권도 준비할 수 있을 것이고 집도 마련할 수 있을 것이다. 결과적으로 본래의 국가에서 벌어서 자신들이 더 좋다고 생각되는 사회나 국가로 자본이 유출되는 결과가 되고, 소비에서 이익을 전이해준 많은 소비자인 민초들은 그러한 것을 보고만 있어야 될 것이다.

만일 본래의 국가나 사회가 불안해져서 재난이나 전란에 휩싸이는 불상사가 생기면, 보다 많은 이익을 가져간 부류는 이미 안전한 곳에 시민권과 주택이 있어서, 재난이나 전란을 굳이 막아야 될 소용성이 줄어들 수 있을 것이고. 가난해진 소비자들인 민초들은 그곳에 뿌리를 내렸기 때문에 모든 어려움을 고스란히 맞을 수밖에 없다. 그렇게 된다면 그 국가나 사회에서 형성된 자본적 이익이 그것을 실현하게 한 국가나 사회를 버리고 떠날 수 있어, 이익을 제공한 다수의 민초들이 문제의 부담을 감당해야 하는 비합리적 상황이 발생될 수도 있음을 우려해야 할 것이다.

이것은 합리도 아니고 공정도 아니면 이익의 편취나 수탈로도 볼 수 있기 때문에, 사전에 이런 틈새는 보완하는 것이 모두를 공평하게 하고 행복하게 할 수 있을 것이다. 우리의 많은 지도층의 사람들이 외국에 시민권이나 주택을 마련했다면, 그들이 남북의 어려움이 재앙적 차원으로 변모할 경우 누가 그 어려움을 감당해서 우리를 보존하고, 나를 우리라고 하는 민족 공동체 지혜를 지켜낼 수 있을까를 살피면 보완의 틈새가 보일 수 있을 것이다.

개인인 나의 외로움

● ● ●

우리가 산업화 과정에서 서구 선진국을 모델로 따라가 보는 과정은 우선, 자본주의 와 그들의 가톨릭적 종교관 그리고 개인주의가 우리와 많은 다름일 것이다. 종교적 가치는 각각 개인의 선택으로 볼 수 있으나, 선진국의 산업화를 유도한 경제체계는 자본주의적 가치이고, 사회적 흐름은 개인주의적 가치관으로 볼 수 있을 것이다.

우리가 60년대에 경제개발이라는 목표로 산업화를 추진한 경제적 이론이, 이익을 목표로 하는 자본주의가 핵심에 있다고 볼 수 있다. 우리가 자본주의적 가치로 산업화를 하는 과정이 이익 우선의 성과나 실적이어서, 경제 주체별 경쟁은 불가피한 필요악일 수 있다. 그래서 '빨리', '쉬지 않고', '열심'이라는 세 가지 지나침을 3과로 보았고, 이러한 흐름은 이익을 목표로 무한경쟁을 유도할 수밖에 없을 것이다.

이러한 3과의 경쟁은 우리의 고유성인 '모두 함께'와는 반대되는 풍조일 수 있어, 나를 우리라고 하는 공동체 우선정서가 취약해 질 수 있는 원인을 제공했다고 볼 수 있다. 경쟁과 빨리는 '모두 함께'와는 같이 할 수 없는 가치로 볼 수 있어서, 산업화 과정에서 자연히 경쟁을 위한 '홀로'와 '빨리'라는 개인주의적 정서가 촉진될 수 있었을 것으로 본다. 이러한 정서적 공감대가 넓게 퍼져가면서 경쟁은 더욱 심화될 수밖에 없었고, 각자 홀로라는 심리적 흐름으로 변화해서 서구적 개인주의가 선호되는 것처럼 보일 수도 있었을 것이다.

결국, 산업화의 경쟁과 가족축소의 핵가족화가 개인주의적 가치를 선호라는 것처럼 보이고, BB세대가 퇴임할 무렵쯤은 그들의 경쟁을 유발한 3과의 지나침 때문에, 노후를 외로움으로 맞을 수 있는 여건을 조성했다고 볼 수 있다. 그것은 그들 자녀세대가 1~2명으로 형제자매가 형성되어 그들도 개인주의적 외로움을 느낄 수도 있어졌지만, 그들의 취업이 곤란해지면서 부모부양의 곤란을 유도한 것으로도 볼 수 있을 것이다. 이러한 현상은 산업화의 이익 우선가치가 빨리라는 경쟁을 유발했고, 경쟁은 홀로 먼저 할 수 있는 것이 성과와 실적이 될 수 있어서, 동일세대 가운데서도 '우리 함께'가 지속적으로 위축되는 현상으로 전개되고 있었다는 것이 된다.

그래서 그들의 노후가 점점 외로워질 수 있는 환경을 부추겼다고 볼 수 있고, 핵가족화로 자녀 수가 1~2인으로 줄어들어서 초신세대들은, 자연히 외로움이 일상으로 될 수 있는 여건을 제공했다고 볼 수 있을 것이다. 이런 현상은 바라지는 않았지만, 서구의 개인주의가 그대로 받아들여진 것으로도 오인할 수 있을 것이다.

3포의 홀로세대와 대책 없이 노후를 맞은 BB세대의 홀로고독은, 원인적 여건은 다르지만 결과적으로 홀로라는 외로움이, 새로운 인문적 고뇌를 가져다주었다고 본다. 그리고 이러한 홀로의 고독은 이기적 행동으로 옮겨져 갈 수 있는 분위기가 조성될 수도 있어, 사회형성 요소를 위축시켜 공동체의 불안요소로 작용할 수 있을 것이다. 결국, 경제적 풍요를 바란 행동들의 결과물들이, 우리라는 공동체 가치를 위축시키고 사회구성원 각자의 외로움을 확대시켰다면, 평생의 가치인 3과에 의한 풍요의 욕구를 조금 줄이고, 자녀들의 지식경쟁도 적당한 절제가 가능했다면, 한결 가볍게 오늘의 일상을 맞았을 수도 있었을 것이다.

지나간 푸념일 수도 있지만 지금이라도 경제적 만족도를 조금씩 줄여가는, 자기반성적 아량을 나에게 베풀어 주면 어떨까 희망해 보게 된다. 우리가 나도 모르게 경쟁과 이익에 너무 몰두했던 것은 아닌지, 앞서간 조상님들의 삶에서 지혜를 찾아보는 배려는 어떨까 한다.

나에서 우리로 홍익

● ● ●

우리는 지난 수십 년의 기간을 잘살아보려는 일념으로, 선진국의 풍요와 품격을 갈망했기에, 산업화를 이루고 선진화로 가는 과정에 들어선 것으로 보인다. 그렇게 가는 과정에서 경제적 풍요를 위한 이익을 경쟁했고, 지성적 품격의 향상을 위해 지식을 경쟁한 결과가, 노년의 홀로라는 외로움과 젊은이들의 3포라는 괴로움을 주었다면, 그것도 결국은 우리가 풀어야 할 개인적 고뇌와 핵가족화의 고독에서 오는 시행착오일 수 있을 것이다.

우리가 산업화와 선진화로 오는 과정에서 선진국 모델을 따라만 해왔기 때문에, 앞서가는 시행착오의 두려움은 없었으나, 빨리라는 경쟁의 선물이 개인적 외로움과 고독이라는 인문적 고뇌를 남겼다면, '우리'라는 선조들의 지혜에서 배울 것이 있을 것으로 본다.

세계대전 후 신민지 수탈에서 독립한 국가 중에서, 유일하게 우리만 선진화의 길로 들어섰다면, 그들 모두에게 없는 우리만의 특별함이나 다름이 있었을 것이다. 우리의 다름은 '나를 우리'라고 하는 민족 고유의 정서가 상당한 기여를 했을 것으로 보고, 한글이라는 민족 고유의 정서와 생각이 스며서 녹아든 문자가 있어, 선진으로 가는 우리의 지성화에 많은 도움을 주었다고 할 수 있을 것이다.

그러나 이러한 민족 정서와 문자는 어떤 나라나 어떤 부족에서도 모두 있는 것이어서, 그것만으로 현격한 다름을 주장하기는 어려울 수도 있을 것이다. 그러나 그런 모두와 비교할 수 없는 다름은 지성화율 70% 이상인, 20년 이상의 초과적 지식으로 볼 수 있을 것이다. 그것은 00년대 70% 후반을 그리고 10년대 평균도 70%를 초과했다면, 향후 10년간의 추세를 예측해 보면 00년대에서 30년간을, 평균

70% 전후가 될 것으로 추정할 수 있을 것이다. 이러한 총량적 초과지성은 우리의 산업화 시기인 70년대에서 90년대까지 30년 동안의, 지성의 총량인 평균 30%대 중반의 총량적 지성과 같을 수 있기 때문이다.

세계 어느 나라도 겪어보지 못한 후진에서 선진화가 가능한 총량적 초과지성을, 어떻게 활용할 수 있느냐가 우리의 미래를 견인하는 에너지가 될 수 있을 것이다. 초신세대의 고통으로도 볼 수 있는 과잉지식의 결과가 그들을 취업전쟁으로 몰고 갔고, 그래서 그들을 3포로 내몰았다면 그들의 고통을 해소하는 방안을 찾는 것도, 당연한 수순일 수 있을 것이다. 향후 10년 내 그들 초과지성의 활로를 열지 못하면, 그만큼의 역기능으로 우리를 고민하게 할 수 있을 것이다.

우리가 경제적 산업화도 정치적 민주화도 그리고 문화예술의 글로벌화도 이루었고, 코로나를 맞는 사회적 역량도 선진적 수준에 진입했다면, 빨리 가고 싶어도 따라 할 모델이 없어졌다고 볼 수 있다. 이제는 선진의 입장에서 실패의 트렌드가 일상화될 수 있는 시행착오를 피할 수 없어졌다고 볼 수 있을 것이다. 빨리 가려면 혼자 가는 것이 경쟁에 유리할 수 있다. 그러나 빨리 갈 수 있는 표준코스도 모델도 없어졌으면 홀로 외로움이라는 경쟁을 버리고 함께라는 조금 천천히 가보는 지혜는 어떨까 한다.

나를 우리라고 하는 공동체 우선가치는 좀 천천히 갈 때, 모두 같이 갈 수 있는 함께를 우리로 승화시킬 것이다. 빨리 가고 싶어도 갈 수 없는 상황이라면 BB세대의 외로움과 초신세대의 3포의 고뇌를 함께 아우르면서 우리만의 새로움을 열 수 있을 것이다.

　BTS가 빨리를 우선했다면 '아미'라는 팬덤(fandom)을 이룰 수 없었을 수 있을 것이다. 없는 것에서 있는 것으로 한 세종의 창조정신을 되새겨, 한 나라의 선진화로 이끌 수 있는 30년의 총량적 초과지성을, 우리라는 그릇에 담아내어 우리만의 다름으로, 우리라는 문화의 르네상스로 꽃피우길 기도해 본다.

한국, 가보지 않은 길에 들어서다

펴 낸 날 2021년 02월 04일

지 은 이 석산
펴 낸 이 이기성
편집팀장 이윤숙
기획편집 서해주, 윤가영, 이지희
표지디자인 서해주
책임마케팅 강보현, 김성욱
펴 낸 곳 도서출판 생각나눔
출판등록 제 2018-000288호
주   소 서울 잔다리로7안길 22, 태성빌딩 3층
전   화 02-325-5100
팩   스 02-325-5101
홈페이지 www.생각나눔.kr
이 메 일 bookmain@think-book.com

• 책값은 표지 뒷면에 표기되어 있습니다.
　ISBN　　979-11-7048-190-4(03810)